もふもふと異世界でスローライフを目指します！１

A L P H A L I G H T

カナデ
Kanade

アルファライト文庫

目次

アリトの従魔となったフェンリル。
もふもふの毛並みは最高。

オースト

『死の森』で
隠居しているエルフ。
アリトを助け、
弓や薬作りも
教えている。

アディーロ

アリトの従魔となった美しい鳥。
風を操るのが得意。

アリト

日本から異世界アーレンティアに
落ちた『落ち人』で、本作の主人公。
オーストに助けられ、『死の森』で
暮らし始める。

CHARACTERS
登場人物

Mofumofu to Isekai de
Slowlife wo Mezashi masu!

Presented by KANADE

ガリード
パーティ『深緑の剣』のリーダー。豪快(ごうかい)で陽気。
ノウロ
パーティ『深緑の剣』の偵察(ていさつ)係。豹(ひょう)の獣人。
リナリティアーナ
パーティ『深緑の剣』に属するエルフ。薬師でもある。
ミリアナ
パーティ『深緑の剣』の一員で、魔法が得意。

プロローグ

『^・\－@＿¥?+:*?／／¥……変換……開始』

『…………終了。不適性。順応点まで変換開始』

『……成功。適性確認。過程終了を確認』


痛い痛い痛いっ‼

何なんだ、これはっ！　痛いイタイ、これ以上は死んでしまうって！

目も開けられず意識も朦朧（もうろう）とする中、襲（おそ）い来る強烈な感覚に神経が悲鳴を上げている。

まるで、手足をもがれているかのような激（はげ）しい痛み。

頭には無機質な言葉が直接響いているが、その意味を理解する余裕などなかった。

なぜ俺がこんな痛みを味わっているのか！　どうしてこんなに苦しまなければならないんだ！　ふざけるなっ‼

強く拒絶（きょぜつ）すると同時に、バリンッと何かが破（やぶ）れる音が聞こえる。

『……境界点突破。身体形成確認』

その声を最後に、残っていた意識さえも真っ白に塗り潰された。

◆◆◆

その日、俺──日比野有仁は、いつもの通り会社帰りに本屋に向かって歩いていた。

小説の新刊を早く読みたいから、夕飯は作らずにコンビニで買って帰ればいいか。あー、金曜だし、一緒にビールも買おう。

俺はそう内心で呟きつつ、夕飯は何を食べようかと考えていた。

「うわ、あれ危なくないか?」

ふいに近くで聞こえた声に顔を上げると、工事中の高層ビルの上に吊り上げられた鉄骨がぐらぐらと揺れているのが見えた。

うわ、本当だ危ないな。もう暗くなっているのに、なんでビル工事なんてやっているんだ? 工期が厳しいとか? ……どこも大変だよなー、こう景気が悪いと。

せっかくの金曜の夜だというのに、つられて自分の仕事に思いを馳せてしまいそうになり、慌てて首を振って頭を切り替える。

「鉄骨が落下でもしたら危ないな。遠回りして行こうぜ」

「そうだな。あれ、落下注意とか立て札でも立てておくべきだよな」

落下注意かー。確かにあんなのが落ちて来たら即死だろう。

揺れる鉄骨を見上げ、俺もあの付近は避けようと考えて左に曲がろうと一歩踏み出すと……。

「うわっ⁉」

あるはずの地面を踏めずにバランスを崩して前のめりになり、転ぶ⁉　と思った瞬間、俺は転がるようにどこかへ落ちていった。

このままどこまで落ちるのかと思った直後、視界が白に転じ、呼吸が苦しくなった。それと同時に全身をすさまじい痛みが襲ったのだ。

一体、何が起こっているというのか？

その間、走馬燈のように過去の光景が頭をよぎったが、特に思うことはなかった。

物心ついた時に両親は離婚しており、俺を引き取って面倒を見てくれた祖父母も、就職した頃に相次いで亡くなっている。

親友と呼べるような友人もおらず、たまの休みに飲む知り合いが数人いるくらいだ。

だから、もしここで人生が終わっても遺すものなど俺にはない。……ないように生きていた。

けれど。

俺はただ自分の食べる分だけ働いて、好きに生きていければ良かったのに。

これで俺は死ぬのだろうか……。

意識を失う間際（まぎわ）、そう考えていたのだった。

ペロペロ。ペロペロペロ。

さわさわさわもふもふ。もふもふもふもふ。

んん？　なんだか頬（ほお）にぬめっとした温かな感触（かんしょく）が……それに、腕には心地（ここち）好いもふもふ？

なんだこれは？　一体どうなって？

ぼんやりとした頭では状況を理解できなかったが、その感触は止まることなく……。

「ん……。んん？」

「ウォンッ！」

俺の呻（うめ）き声に反応したのか、もふもふとした毛が、俺の足の上を右往左往（うおうさおう）している気がする。

これ……犬の尻尾か何かだろうか？

「おお、目が覚めたかの？　お前さんは運がいいのぉ。この子が見つけなければ助からなかったぞ。怪我もなく無事な『落ち人』なんて実に珍しいわい」

顔中を舐められる感触と、その渋めの声を聞いて、意識がハッキリと覚醒した。

「ちょっ、こら！　舐めるなって。もう起きたから止めてくれ！　でも、いい毛並みのもふもふだなー。……って！　はあっ⁉　なんだこれっ！」

ゆっくりと重い瞼を開けると、目の前いっぱいに犬の顔があった。

白銀に輝く毛並みにつぶらな緑の瞳。犬というより、狼のほうが近いか？　普通の大型犬よりも一回り大きいだろうか。

もふもふの狼は、俺が起き上がると、すぐ隣でこちらに体重を預けて座った。

思わず手を伸ばして、もふもふを撫でまわす。俺に寄り添ったその子の毛並みと温もりが、俺の動揺する心を落ち着かせてくれた。

目覚めた時に見えたのは、隣のもふもふの狼の子の顔と、頭上を埋め尽くす美しい木々。

そしてその隙間から見えた青空と……二つの太陽？

……ここは、一体どこなんだ？

第一章　落ちた世界

第一話　落ちた先は異世界

どうやらここは、アーレンティアと呼ばれる異世界らしい……。

目覚めた森の中でその現実を受け入れるまで、だいぶ時間を要した。

今の状況を説明してくれたのは、俺を助けてくれた渋めの声の主だ。オーストと名乗ったその人は、外見は五十過ぎの初老の男性だった。ただ、外見よりも老成した雰囲気だから、俺は爺さんと呼んでいる。

オースト爺さんは混乱する俺をなだめ、近くの切り株に座り、この世界のことを語ってくれた。

この世界には俺と同じように落ちて来る人がいて、『落ち人』と言われているそうだ。『落ち人』が見つかる場所は全て、辺境の魔境となっている土地らしい。ちなみにここは

『死の森』と呼ばれており、ほぼ強力な魔物や魔獣しかいないことから、一度入ったら生きては出られないとされているとのこと。

　それを聞いた時、今、自分が生きているのは奇跡みたいなものだと思った。もし爺さんに助けてもらえなければ、今頃、魔物の腹の中だったかもしれない。

　それでも、ここはラノベでよくあるファンタジー世界なのか！　と密かに興奮して、魔法もあるのか確認してみると、その答えは「ある」だった。

「魔法って、火や水などの属性があって、呪文を唱えて使うやつか？　ファイアーボールとか」

「ほほう。そちらの世界の魔法はそう使うのじゃな。この世界では、発現する魔法を属性で区別はせんし、呪文なぞもないぞ。それに決まった魔法もほとんどないな。使う人それぞれじゃ」

「は？　でも、魔法って火を出したり、水を出したりして、攻撃に使ったりもするよな」

「ああ、そうだな。儂の家でゆっくり説明した方が良いのじゃが、すぐに知りたいだろうから、今ここでこの世界と魔力、魔法の関係を簡単に説明しようかの」

　俺が首を捻っていると、もふもふの子が尻尾を振りながら身体をすり寄せ、俺の膝に頭を載せた。その頭を躊躇うことなく撫でる。頭の毛も非常に手触りがいい。

「よし。ではこのアーレンティアのことを、わかりやすく説明しようかの。まずはこの世界の大前提としてはじゃな。世界には魔素があり、あらゆる物が魔素から変換された魔力を有している、ということじゃ」

「へ？　植物や動物、地面にも魔力が含まれている、ということか？」

「そうじゃよ。この地面も木々も水も人も獣も、全てが魔素から変換された魔力を持っているんじゃ」

うーん、それじゃあ空気中に魔素が漂っているってことか？　ってことは、今も俺は呼吸しながら、魔素を取り込んでいるわけで……。

「だから魔法というのはじゃな。空気中にある魔素を使い、自分の魔力を媒介して己の望む現象を発現させることなのじゃ」

「……じゃあ、火をつけたければ、空気中の魔素を自分の魔力で火に変化させ、魔法として発現させるのか？　だとすると、魔法を使うにはイメージが大事とか？」

「そうじゃ。魔法とは、自分が想像した現象を発現させることじゃから、その発現した現象は使う人それぞれなのじゃよ。お前さん、凄いの。今の説明でそこまで理解できるのか。いや、お前さんの世界にも似たようなものがあるのかの？」

「いや、俺の世界には魔法自体がなかったし……ん？」

何気なく言った自分の言葉が引っかかった。

「俺は魔力なんて持ってないから、もしかして俺、魔法を使えない……？」

「いいや、ここにいるのじゃから、お前さんもすでに儂と同じくこの世界の人間じゃよ。すなわち、別世界から落ちて来た時に、この世界に合うように変化しているはずじゃ」

あー……変化している、か。

最初は動転して、何がなんだかわからなかった。けれど、もふもふの狼を撫でている手が、見慣れた手よりも大分小さくなっていることには気づいていたのだ。

ただ、それをすぐ確認するだけの精神的な余裕がなかっただけで。

「……やっぱり現実を見ないとダメだってことか。爺さん、俺は元の世界では二十八歳だ。つまりとうに成人した、いい大人だったんだが」

ふう、と思わず出たため息が重い。

「お前さん……さすがに、そこは今の現実と向き合わねばなるまいよ。どれ、儂が魔法を使ってやろう。今の姿を確認するといい」

まだその事実と向き合う覚悟ができていないから、遠慮（えんりょ）したいところなのだが。

そう思いながらも、魔法を使い始めたオースト爺さんを見つめる。

爺さんがぼんやり光り出すと、周囲の空気が……変わった？

空気中の何かが爺さんの周りで動いている——そう感じられるのは、俺が今、魔力を持っているからなのだろう。

人生初めての魔法をまじまじと見つめていたら、そのまま現実と向き合うことになった。

「ほれ。これなら姿が映るじゃろう。どうだ？　見えるかの？」

「な、なん、なんだこりゃあーーーっ！」

そう、爺さんが魔法で作ったのは、空中に浮かんで光を反射する鏡のようなものだった。

それに映し出されていた自分の姿を見て……。ふっと意識が遠のいたのがわかった。

俺が意識を取り戻したのは、しばらく経ってからのこと。

爺さんの魔法で見たのは、青みがかった暗い輝きの銀髪に、深い緑色の瞳の、推定十二、三歳くらいの少年だった。

見た瞬間は、あまりの違いに自分だとわからなかった。

でも、一緒に映った俺の膝の上にいるもふもふの狼を見て、少年は自分なのだと確信したのだ。

落ち着いてじっくり見てみると、顔立ちは確かに俺だ。中学の頃はこんな顔をしていた。

髪や瞳が元の世界ではありえない色だから、顔の印象が違って見えたのだろう。イケメンとはいえない、取り立てて特徴のない顔なのは間違いないのだが。

「なんで髪や目の色が変わって、幼くなっているんだ？　これが、この世界に来たことによる変化なのか？　全然自分だっていう実感がないんだが……」

爺さんに「ここは異世界だ」と言われた時よりも、自分の姿の方が現実味がない。

「でも、この感触を味わっているのだから、やっぱり現実なんだよな……」

自分の顔を確認している時も、膝の上にあるもふもふの狼の頭を撫で続けていた。耳の短めな毛や、柔らかなふにふにとした感触が、とても気持ちいい。

「儂が見つけた時には、すでにお前さんはその姿じゃったぞ。恐らく、お前さんが魔力のない世界から来たことで、外見にも変化が出たのじゃろう」

その時、ふと思い出した。あの苦痛の中で、耳の奥に響いていた無機質な声を。

変換とか何とか言っていたような……。もしかしてあれは、この世界へ適合するために変化した際の痛みだったのか？

「第一お前さんは、最初から儂の言葉がわかったであろう？　今話しているのは、お前さんの世界の言葉かな？」

「え？　ああっ！　そういえば……」

確かに、爺さんと普通に会話できているな。今、声変わり前のちょっと高めの声で話しているのは……。

「日本語、じゃないな。それなのに自然に話せるし、意味もわかる。でもこんな言葉は、俺は知らない……。一体どうなっているんだ？」

俺の口から出ているのは、音だけ聞けば知らない外国語だった。

そのことに気づくと凄い違和感に襲われ、驚いて日本語を話そうとしたら、口から出たのはこの世界の言葉だった。

「ほっほっほっ。今頃気づいたんじゃな。多分文字も普通に読めるし書けるだろうて」

「そ、そうなのか？　まあ、確かに言葉も文字もわからず不便な思いをするよりはいいが……」

とはいえ、すんなり呑み込むことなどできない。なぜ日本語を発音することさえ不可能なんだ？

「儂がさっき、お前さんはこの世界に合うように変化していると言ったじゃろ。その変化は、お前さんの全ての事柄に及んでおるのじゃろう」

まあ、確かにそういうことなら、納得できなくもない。

元々、普通に日本語を読み書きできていたので、この世界の言葉でそれができるというわけか。

「儂の推論だが、身体的に同じ年齢にならなかったのは、小さくしないとこの世界に適合できなかったからじゃろう」

互いの世界の身体能力の違いが原因で、年齢が半分以下の身体になったということだな。

でもそれなら、髪や目の色まで変わった理由は？

「もしかして、この世界には黒髪黒目の人っていないのか？」

「いや、いるぞ。ただほとんどおらん。髪や目の色は、好かれている魔素の色に染まるのじゃ。だから後から色が変わる、なんてことも稀にある。ほぼ生まれながらの相性のようなものだがの。黒は闇の魔素の色じゃ。しかし、他の属性に好かれていれば別の色が混ざる。つまり、黒髪黒目なんて、よっぽど闇に好かれていて、他の属性を受けつけないということなのじゃよ」

魔素の色？　……じゃあもしかして魔素は、水素や炭素といった元素のようなものなのか？　水素っぽい魔素は水の属性、とか。

「人には属性の適性がある、ってことだな。黒髪黒目だと闇属性しか使えないのか？」

「いや、誰もがどんな魔法でも使うことはできる。ただ、魔素にも特性があっての。火属性の魔素は火を熾しやすい。水属性の魔素は水を出しやすい。そんな感じじゃ。その属性の魔素に好かれると、魔素を変化させやすくなり、魔法の発現が早くなるんじゃよ」

魔素に好かれるって……まさか、意思があるわけじゃないよな。

まあ、よくわからないが、異世界のことを地球基準で考えようとしても仕方ないし、そんなもんだと思っておくことにしよう。

「お前さんの髪の色は青系が強いから、恐らく水と相性がいいじゃろう。それと瞳が緑じゃから、風じゃな。魔法を使う時には色々試してみるといい」

水系？　俺、別に水泳とか得意でもないんだが。水田(すいでん)の手入れを、子供の頃から手伝っていたからか？

「とりあえず、この世界に慣れるまでは儂の家にいるといい。その後のことは、おいおい考えればいいじゃろう。身体は変化して適応したとしても、ここでの暮らしは色々と学ばねばならないからの。そうじゃな、宿代の代わりに、お前さんのいた世界のことを話してもらえたらそれでいい。家にはその子みたいな従魔(じゅうま)がたくさんいての。じゃから、この森の中でも儂の家は安全じゃ。他に住む人もいないのでな」

「おおっ！　爺さんの家には、もふもふがいっぱいいるのか！　ぜひよろしくお願いします！　お世話になりますっ！」

もふもふがいっぱいだなんて、天国じゃないか！

もちろん、日本にいた頃の話くらいなら、いくらでもできる。

「ふう。現金なヤツだ。まあ絶望(ぜつぼう)されるよりはいいか。ここの暮らしに慣れたら、次は魔法の習得じゃな。自分の中の魔力を認識して、意識して操(あやつ)ることから始めんといかん。のんびりやるしかないがの」

「魔力の扱(あつか)いなんて初めてだから、時間はかかりそうだよな……。俺の年の頃には、魔法をそれなりに使えるのが普通なのか？」

「そうじゃな。毎日使う簡単な魔法なら、五、六歳くらいになれば、使いこなせる」

うーん。身体は小さくなってしまったが、今の俺にどのくらいの能力があるのか知りたいよな。

こう、もっと自分の状態がわかる方法はないのかな？　ゲームでよくあるステータスみたいに、数値化された能力が見られるとか。

見てみたいよな、ステータス。どうせ異世界なんて非現実的なところにいるのだし……とりあえず試しに言ってみるか？

「よし。出ろ、ステータスッ‼」

力(りき)んでゲームのステータス画面をイメージしながら叫んだ瞬間、身体の中から何かが湧(わ)き出てきた。それを感じると同時に、全身の力が抜けていく。

「お、おいっ！　何をやっておるのじゃっ！」

爺さんの慌てている声が聞こえた気がしたが、そのまま俺の意識は遠のいていった。

ああ、今日はこんなのばっかりだな……。起きたら、自分のアパートの部屋にいたりして。

そんなことを思いながら、意識を失ったのだった。

◆　◆　◆

「知らない天井だ……」

ぼんやり目を開けると、丸太で組まれた天井が視界に入り、思わず呟いた。

「夢じゃなかった、ってこと……なんだよな……」

つまり、ここは異世界だ。まだ実感が湧かないが……。

とりあえずベッドで横になったまま、周囲を見回してみる。

どうやら俺は、ログハウス風の簡素な部屋で寝かされていたようだ。

ベッドには、木の板の上に厚手の毛皮の毛布が敷いてあるだけだった。おかげでちょっと背中が痛い。

部屋に一箇所だけある窓は、鎧窓のようになっていた。その戸の隙間から差し込む光で、今は昼間だとわかる。俺はどのくらい気を失っていたのだろうか？

「クウォンッ！　ウォン！」

「うをっ！　お前、ずっともふもふさせてくれていた子だよな？　なんだ、俺が起きるのを待っていたのか？」

ふいにペロンと顔を舐められ驚いて見ると、ベッドの脇にキチンとお座りした先程の狼がいた。多分さっきまで床に寝そべっていて、見回した時には目に入らなかったのだろう。

なんでこんなに俺に懐いているのか？　と疑問に思うが、むしろ俺は大歓迎なので、起き上がって寝台を下りて狼に抱きつく。全身で、素晴らしく触り心地の好い毛並みを堪能

した。狼の子も嬉しそうに尻尾を振りながらすり寄ってくれる。

「お、起きたかの？　ふむ、その子は本当にお前さんのことが気に入ったのじゃな。とりあえず外に出て来てくれないか。お前さんなら見ても大丈夫だろうて」

「あ、はい。今行きます」

鎧戸の外から掛けられたオースト爺さんの声に応じ、扉を開けて部屋を出た。もふもふ狼の子も俺のあとについてきている。

「お前さんなら見ても大丈夫」って、何のことだろう？

ベッドのあった隣の部屋は広く、中央には素朴な木のテーブルと椅子が置いてあった。壁際には竈が見えるから、台所も兼ねているのだろう。やはりこの部屋にもガラス窓はなく、鎧窓が二箇所あるだけだった。

部屋の様子をちらりと窺ったあと、外に続くと思われる扉を開けた。

すると——

「うっほー！　壮観だな爺さん！　ここは天国なのか？」

思わず叫んでいた。いや、叫ばずにはいられなかったのだ！

扉の外は広場になっていて、そこには爺さんの他に、たくさんのもふもふたちがいた。

そう、広場に入りきれないほどの、大型や小型のもふもふたちがっ！

俺に付き添って出てきた子狼の親なのか、体長五メートル近くもある、白銀の毛並みの狼っぽいもふもふ。

ネコ科のような細長い尻尾の、毛の長いもふもふ。

そしてこれこそ九尾の狐か！　という尻尾がいっぱいある狐に似たもふもふ。

ウサギやリスなどの小動物系のもふもふから、羽毛がふさふさの鳥まで、いろんな種類がいた。

俺の知っている動物たちと似ていても、耳や尻尾の形が違ったり、地球ではありえないくらい大型だったりしたが。

そんな夢のような光景に、俺は迷わず大きな白銀の毛並みへとダイブした。

桃源郷が目の前にあるなら、行くのが男ってもんだ！

「もふもふ！　ふわふわ！　すっごく気持ちいいもふもふだーーっ！」

「……お前さん、大丈夫だとは思ったが、迷わずエリルへ飛びつくとは……。自分より遥かに大きな獣ばかりじゃ。普通は命の危険を感じるもんじゃがの？」

「この子たちは、爺さんが言っていた従魔だよな？　なんだか皆優しい顔しているから、全然怖くないよ。嫌がる子は別として、思う存分もふもふさせてもらいます!!」

確かに、従魔たちの巨体や、それに応じた大きさの牙と爪が怖くないわけではない。

でも、どの子にも目には知性の光があり、爺さんのことを親しみを込めた眼差しで見ていたのだ。

今抱きついている狼型のエリルも、鋭い牙と爪はあるけれど、眼差しは凄く優しかった。だから安心して、ふかふかな美しい毛並みへとダイブしたのだ！

存分にエリルの毛並みを味わった後は、次の標的を灰色の豹に似た模様のある、ネコ科っぽいもふもふに定めた。寝そべっていても、その顔は俺の腰ほどまでの高さがある。

俺はまず、大きな顔の前にそっと手を差し出してお伺いを立てた。そして、手の匂いを嗅いだ後に下げられた頭を、そっと撫でる。

おおーう。これはまたビロードのような、めちゃくちゃ滑らかな手触りで……たまらんな！

「……お前さんには、この子たちのような魔獣を警戒させない何かがあるのかもしれんな。そうでなければ説明がつかんぞ。いくら儂と一緒にいるからといって、皆が大人しく撫でられているとはのう。ふむ、面白い。まあじゃが、今は戻ってこい。さっきは状況の説明ばかりで、碌に挨拶もしておらんかったからの」

そう言われて、まだ俺はお礼さえ言っていなかったことを思い出す。慌てて爺さんの前まで戻り、感謝を込めて頭を下げた。

「お礼が遅くなってすみません。俺を見つけてここまで運んでくれて、ありがとうございました。あのまま転がっていたら、今頃生きていなかったと思います。改めまして、俺は日比野有仁と言います。名前は有仁ですが、呼びづらいので、アリトと呼んでください」

アリトというのは、近所の家に住む幼馴染がつけた、俺の唯一のあだ名だ。子供には、有仁は発音しにくかったからだろう。

「おお、よいよい。望まずに世界の壁を越えてしまったのじゃ、気が動転するのは仕方なかろう。改めて儂も名乗ろうかの。オースト・エルグラードじゃ。薬草や薬、植物の研究をしておるよ。よろしくな。こんな辺鄙な土地に住んでいるのは、人に色々言われるのにうんざりしたからじゃな。それにここなら存分に皆を自由にしてあげられるしの。皆の紹介は後でしてやろう」

いわゆる引きこもりってわけか。

ここが辺境で魔境の地の一つだと聞いた時、どうして爺さんはそんな危険な場所に住んでいるのかと疑問に思ったが、これだけ多くの魔獣がそばにいれば問題ないってことだろう。

とはいえ、大勢の魔獣を連れている爺さんは、恐らく普通ではないのだろうな。この世界の事情はわからないけども。

「ここに爺さんが住んでいてくれて、俺は助かったよ。……俺を見つけた時のことを、詳しく聞いてもいいか？」

「ああ。お前さんを見つけた場所は、ここからもっと森の奥に行ったところでな。薬草を採取していたら、その子が急に駆け出して、追っていった先にお前さんが倒れていたというわけじゃよ。だからお前さんが落ちて来た瞬間は見ておらんし、見つけた時には世界を越えた魔力の歪みのようなものは感じられんかった」

そう言いながら爺さんは、俺の足元に座っている子狼の頭を撫でた。

つまり、俺を見つけたのはまったくの偶然で、なぜあの場所に落ちたかという手掛かりは何もないということか。……まあ落ちた時の状況を思えば、日本に戻る方法などないだろうとは思っているが。

「そうだったのか……。お前が俺を見つけてくれたんだね。ありがとう、おかげで命拾いしたよ」

しゃがんで子狼と目線を合わせてから、お礼を言って頭を抱いて撫でる。

「ウォンッ！」

パタパタと嬉しそうに振られる尻尾に、笑みを浮かべた。

「お前さんたちは、多分何かで引かれ合ったんじゃろう。そこらへんも、お前さんがここの子たちとすぐに親しくなれたことと関係があるのかもしれんな。恐らくその子も望むじゃろうから、魔法を身につけたら契約を交わしてお前さんの従魔にするといい」

「え？　この子は爺さんの従魔じゃないのか？」

ここにいるもふもふの子たちは、すでにオースト爺さんの従魔か、あるいは将来そうなる予定なのかと思っていた。

「ああ、その子はさっきお前さんが抱きついたエリルの娘でな。エリルは儂の従魔じゃが、従魔の子には自分で将来を選ばせることにしておるのじゃ。儂と契約するもよし、野に還るもよし、契約せずにここにいるのもよしじゃ。その子はまだ子供だから将来が決まっておらんし、名前もない。魔獣の名は、契約の時に主がつけるのじゃ。だから、お前さんが考えてやるがよい」

「おおっ！　もちろん俺は大歓迎だけど、お前はそれでいいのか？」

「ウォンウォンッ‼」

抱き込んでいた子狼の頭をいったん放し、目を覗き込んで尋ねる。

けれどすぐに、逆に飛びつかれて顔を舐められ、押し倒されそうになった。

「そうか！　俺と契約してくれるのか！　これからよろしくな！　じゃあいい名前を考えておかなきゃな！」

「ほっほっほっ。その縁がお前さんを生かしたんじゃろうて。だが契約も魔法じゃ。魔力を扱えるようになってから契約をするのだぞ。さっきみたいに本能で魔法を使っても、倒れるだけじゃからな」

「魔法？　さっき俺が気を失ったのは、魔法を使ったのが原因なのか？」

ステータス！　って叫んで倒れたんだよな？

あの時、確かに何かが身体の中から出てきた感じがした。あれが魔力で、ステータス確認の魔法が発現されそうになったということか？

「そうじゃ。この世界の魔法は、己の望む現象のイメージに魔力を込めることで発現する。あの時お前さんは無意識に、考えていたことに自分の魔力を込めたんじゃろうて」

じゃあ俺は、『ステータス』の魔法を作ろうとしてたんだな。

うわ、初めての魔法を知らないうちに使ってしまったとは……。しかも失敗して、気絶(きぜつ)までしているし。

「自分の魔力を意識せずに動かせば、暴走(ぼうそう)してしまう危険性があるのじゃ。そうなった場合、大怪我ですめばいいが、運が悪ければ死ぬこともある。だから、アリトが自分自身の魔力をきちんと把握(はあく)することができるようになるまでは、魔法を使おうとしてはならぬぞ」

暴走すると死ぬ危険性まであるのか！　そんなリスクを冒(おか)してまで『ステータス』を把握する必要はないな。

「わかった。肝(きも)に銘(めい)じておくよ」

「ああ。一つ一つ、無理なくやることじゃよ。まずは、この世界のことを覚えるのが先だの。魔法は幼子と同じく、初歩の初歩から訓練じゃな。ある程度普通に暮らせるようになって、街に出たいと望むなら、その手配をするからの」

「何から何まで、ありがとう。お世話になります。自分にできることはやりますから、ここに置いてください。よろしくお願いします」

俺は居ずまいを正してオースト爺さんと向き合い、もう一度深々と頭を下げた。

この世界に望んで落ちたわけではないし、正直にいえば災難だったと思う。

でも、こうやって親切な人に出会えて命を拾った俺は、ある意味では運が良かったのだ。

「……ここにいる魔獣は撫でてもいいが、近寄ってきた者だけにしておけ。嫌がることだけはするんじゃないぞ。人を襲うようなことはせぬが、危険がないわけではないからの」

「ああ、わかった！　少しずつ慣れてもらうようにするよ！」

ここにはもふもふがいっぱいいて、俺にとっては天国だから、置いてもらえるなら嬉しい限りだ。

街も気にはなるけれど、この世界のことを何も知らない今は、近づくのは怖いと思う。

異世界に落ちて、強制的に姿まで変化させられたことにまだ納得してはいない。

けれど、オースト爺さんに助けてもらって、とりあえずここで生きていこうと思えた。

今は、ただそれだけでいいだろう。

第二話　アーレンティアという世界

この森でオースト爺さんと、爺さんの従魔たちと一緒に暮らし始めて、二月くらい経った。

今の俺は、魔力の扱いを教わりながら、生活に役立つちょっとしたものを作ったり、爺さんの研究小屋へ顔を出して薬草のことを教わったりしている。

また、こちらの世界の技術や道具をより便利にできないか、爺さんと二人で話し合ってもいた。

たとえば、爺さんは村で買ってきたパンを魔力で覆い、劣化を遅らせている。これを発展させれば、ラノベでお馴染みの入れた物の時間が止まるマジックボックスを作れるかもしれない。そんな話を俺がすると、爺さんは興味津々で乗ってきて、二人で研究しているところだ。

こちらに来てからの二ヵ月間、俺は様々なことを教わった。

まずこの世界、アーレンティアのことだ。

現在、確認されている大陸は、今俺がいるところと、海を挟んで南に存在するもう一つだけらしい。

南の大陸は比較的狭く、ほぼ山や森に覆われていて、あまり人は住んでいないという。

また、俺がいる大陸の東には小さな島がいくつもあり、小国を形成しているとのことだ。

オースト爺さんの家があるのは、大陸中央付近にあるどこの国にも属さない魔境で『死の森』と呼ばれている森の中だが、同じ大陸にはいくつもの国があって、王がいたり皇帝がいたり、都市連合になっていたりする。

そこに暮らしているのは、割合の多い順に、人族、獣人、魔人、ドワーフ、エルフ、妖精族や精霊族だ。

ちなみにオースト爺さんはエルフだった。よーく見ると、耳が少しだけ長く、先が尖っているんだよな。

エルフは全員細身で美形なのかと聞いたところ、儂を見ろと言われた。

爺さんは別に太くはないが、体型は普通の中肉中背だ。顔も凄く美形というわけではない。

ただ、髪を整えて黒の燕尾服でも着せると、品のある貴族に見えそうではある。

オースト爺さんは、エルフでも美形とは限らないと言いたかったらしいが、まあ、外見なんて個人差があるのは当然だとも言っていたから、女性のエルフに会うのを楽しみにしておこう。

それから、森や山などの人里離れた場所には、普通の獣はもちろん、魔物や魔獣などがいる。

獣が汚染された魔素を取り込むと、『魔物』になるそうだ。それ以外にも、汚染された魔素が集まる場所から自然と生まれることもあるらしい。

魔素の汚染というのは、いわゆる穢れみたいなものだ。

この世界では、死ねば魔素へと還る。ただし、死んだ時に強い恨みや悔恨などを持って生に執着しすぎていると、汚染された魔素となってその土地を汚してしまうそうだ。

一方、魔獣は穢れに関係なく、魔素の濃い場所から生まれる。

生まれた場所によって姿も特性も様々で、人を襲う種族もいるが、賢くて知恵がある。

だから、人々と従魔契約を結ぶことができ、そうなれば意思疎通も可能なのだ。

ちなみに、この家にいっぱいいるもふもふたちはみんな魔獣である。

オースト爺さんから聞いた限りでは、この世界の技術・文化レベルは、地球でいうヨーロッパの産業革命の頃くらいだろうと感じた。やはり、科学や機械はあまり発展していないようだ。

この世界では、水はどこでも魔法で出せるし、夜の灯りも魔法で確保できる。魔法のおかげでそれほど不自由なく暮らせるから、あまり科学や技術が発展しないのだろう。

お風呂もないが、全身の汚れをキレイにする魔法はあった。心配だったトイレも、その魔法でいつでも清潔だ。おかげで俺も、生活のストレスはあまり感じずに暮らしている。

一日の長さは、体感的には日本と同じくらい。

一週間が六日で、一月が五週で三十日。十二ヵ月で一年三百六十日だ。一応、暦はあったが、時計はなかった。

けれど、太陽が二つあるという点を除けば、日の出と日の入りは地球と同じくあったので大体の時間経過はわかるし、食事の時間は腹時計で把握できる。

四季はあるものの、太陽が二つある影響なのか、気候は一定ではないらしい。

「爺さん、ご飯ができたぞ」

家の隣に建つオースト爺さん用の作業小屋へと顔を出し、足元をうろつく『白』とともに家へ戻る。

「おお、今行くぞ。今日は何を作ったんじゃ？　楽しみだのう」

俺を見つけて懐いてくれた白銀の狼系の魔獣の子に、従魔の契約を結ぶまでの間、とりあえず『白』という仮の呼び名をつけた。

白はフェンリルという種族で、上級魔獣らしい。賢いからこちらの言葉を理解できるし、ちゃんと反応も示してくれる。契約を結べば、念話によって直接会話することが可能になるそうだから、とても楽しみだ。

「この間爺さんが採ってきたハーブが乾燥したから、今日はそのハーブを利かせた鳥肉のソテーと、スープとパンだ。パンもちゃんと温めてあるぞ」

「おお、美味そうじゃ」

食卓に並んだ料理を見て、オースト爺さんはゴクリと唾を呑んだ。

「爺さん、ちゃんと手を洗ったか？」

待ちきれないとばかりに、そそくさとテーブルについた爺さんに苦笑し、向かい側に座って尋ねる。

「ああ、浄化の魔法をかけたぞ。では食べよう。いただきます、じゃ」

「いただきます」

『いただきます』は食材への感謝の気持ちを伝える挨拶だ、と教えたら、爺さんも言うようになった。

浄化魔法は、汚れを落としたり、トイレの汚物を分解したりする魔法だ。

この世界には基本的に共通の魔法などないが、浄化魔法や種火の魔法をはじめとした『生活魔法』と呼ばれているものにだけは、名称がついている。生活魔法は日常生活に必要なことを発現させる魔法であるため、誰が使っても魔法の効果は大体同じなのだそうだ。

ただその中で、浄化魔法だけは用途の幅が広い。お風呂や洗濯の代わり、トイレの時にも使う。

もちろん、汚れを落とすといっても、イメージ次第で発現する効果は異なる。日本にあった漂白剤のことを爺さんに説明して、色素を分解するイメージで浄化を掛けてもらうと、洋服が輝くほど白くなった。いつもの浄化では目立つ汚れが落ちるだけだったから、その浄化との違いを見て、やっぱり魔法はイメージが重要だと実感したものだ。

「おうおう。今日も美味しいのう。アリトが来てから食事が楽しみになったわい」

「爺さんは適当に焼いたり煮たりして、味付けは塩を振るだけだものな」

この家で爺さんが初めて出してくれたものは、ハーブティーだった。恐る恐る口にしたら、香りは少し独特だったけれど、普通に美味しかったので、味覚は同じだと安心したのだ。

ただ、その日の夕食として振る舞われた爺さんの料理は、適当に塩で味付けして焼いただけの焦げた肉と硬いパンで、ちょっと味が物足りなかったんだよな。

だから、それ以降は俺が料理をしている。

使う食材は、ほぼ『死の森』で採れる肉と野菜代わりの野草で、主食は爺さんが近くの村でまとめて買ったパンだ。

まあ、それはいい。問題なのは、調味料だ。

この家に元々あった調味料は、塩と黒糖のようなもの、それに胡椒に似た香辛料だけだった。

街へ行けばもう少し調味料の種類はあるそうだが、基本は塩と砂糖と香草だけらしい。

そこで俺は、爺さんに森に生えている様々な種類の野草を採ってきてもらうことにした。

その野草を一つ一つ、匂いと味を確かめ、調味料として使える物を選別しているのだ。

「この世界では、基本は焼いて煮るだけじゃぞ。お前さんみたいに、蒸したり浸け込んだりという調理法は聞いたこともないわい。それに野草を組み合わせて味付けに使うなんて、普通はやらんぞ」

「ただの塩味より、よっぽど美味いだろ。今度森で果物を見つけたら、また違う味付けの料理を作るよ」

祖母に一人で何でもできるように仕込まれたから、自炊をしていたし、料理は一通り作れる。

台所には竈の他にコンロの魔道具があり、魔物から稀に採れる魔力結晶を燃料にしていて、火力の調節もできた。だから、魔法を使えない俺が料理をするのにも何の問題もない。

調理法が変わっているとは言うものの、爺さんも俺の作る料理を気に入ってくれたようだ。

「ほっほっほっ。楽しみじゃわい。森へ行く時は、ちゃんと皆を連れていくのじゃぞ」

「ああ、ありがとう。まあ、森といってもこの家の近くまでだしな。まだ魔力を上手く扱えないし、魔法も使えないから」

爺さんの従魔のもふもふたちとも、仲良くしている。

俺たちが食べている肉は、全て彼らが仕留めてきた魔物や魔獣のものだ。

人を襲うような種類の魔物や魔獣を、食べる分だけ毎日狩ってくる。

その獲物をすぐに血抜きして解体し、食べられる内臓は生で、肉は少し炙ってもふもふたちに出してみたら、皆、大喜びで食べていた。

解体はオースト爺さんに教わりながらやったのだが、魔物や魔獣はかなり大型だったため、結局一人では解体できなかった。そこらへんは、従魔の皆に魔法を使って協力してもらっている。

おかげですっかり仲良くなり、今ではもふもふし放題だ！

もちろん、料理ばかりでなく、ちゃんと魔法を使うための訓練も毎日している。

自分の持つ魔力の感知は、すぐにできた。最初にステータスと叫んだ時の感覚が残っていて、それを手がかりにしたのだ。

今は、子供が最初に取り組む訓練法を爺さんから教えてもらい、実践（じっせん）している。

座って目を閉じ、自分の体内の魔力の流れを完全に把握し、循環（じゅんかん）させるという方法だ。

地味な訓練だが、成果は出ている。たとえば、竈で調理する時は、魔法で火をつけて火加減を操作することもできるようになった。

燃えやすい葉を用意し、体内の魔力を操作して集め、人差し指から火花を散（ち）らすイメージで放出する。一度火がつけば、操作は容易（たやす）かった。強火は空気を送り込んで火を大きくするイメージで魔法を使い、弱火は逆に空気が薄くなるイメージだ。

難（むずか）しいのは、何もない状態から魔力で現象を発現すること。

たとえば、手のひらに火を出すとなると、自分の魔力を操作して空気中の魔素に干渉（かんしょう）し、火を出すイメージを伝えて変換する、という過程をたどらねばならない。

その時に火の大きさ、温度、形状など、全て確実にイメージ通りのものに変換する必要があり、これが非常に難しい。

魔力の操作に慣れるためにも、家事をやりながら訓練するという今の生活は意外と効率がいい気がしている。

とりあえず今は魔力操作を完璧にして、白と契約をする！　のが目標だ。

第三話　魔物がいるということ

俺の目の前には、粗目の布と鍋、そして木の実の山がある。

木の実は、オリーブを二回り大きくしたような見た目だ。爺さんが採ってきた物の中にあったのを見つけて「これは」と思い、追加で大量に採ってきてもらった。

今日はこの木の実の油を搾って、トンカツを作りたいと思います！　豚肉じゃなくて、豚肉と似た味の魔物肉だけどな！

実が大きすぎて俺の力だけで搾るのは難しいので、もふもふの皆さんに協力してもらい、俺は魔法で補助することにした。

この森で採れる食材は美味しい。最初は魔物や魔獣の肉を食べるのは少し抵抗があったが、猪肉とか鹿肉のようなものだと思って口にすると、あまりの美味しさに驚いた。肉自体の味が濃く、日本で食べた国産の牛肉よりも美味しいのだ。

だが、近くに川も海もないから、魚は手に入らない。森で採れる野草と芋もあるとはいえ、いくらだから、一日三回のおかずは肉、肉、肉。森で採れる野草と芋もあるとはいえ、いくら美味しくてもさすがに飽きる。

そんな状況では、揚げ物が食べたいと思っても、動物性油で肉を揚げた物を食べる気になれなかった。そのため、植物油を作ろうと準備していたのだ。植物油があれば、調味料にも使うことができるしな。

「よし、やるぞー！」

まず、大きな粗目の布を広げ、次に中央に木の実を並べる。ガッツリいっぱい置いたら、布で木の実をくるんで準備は完了だ。

「エリル、この布の端をしっかりと咬んでくれ。歯を魔力で強化しておいてな」

自分の魔力を身体に纏い、周囲の魔素を自分の魔力へ変換しながら肉体を強化する、身体強化魔法だ。

これは実は凄く難しい。少しでも制御を失えば、体内の魔力が暴発するのだ。もちろん、魔獣である皆は、本能で完全に制御することができるのだが。

「もう片方は、と。こうぐるぐると絞っていって……。よし、こっちはラルフ、お願いな」

ラルフはエリルの旦那で、白のお父さんだ。

エリルの白銀の毛並みは、光に当たると少し青く光る。毛並みの色も人と同じで、好かれている魔素の属性で変化するらしい。

ラルフは光に当たると白銀の毛並みが緑っぽく見える。雄だから体長はエリルよりも大きく、六メートルくらいで、身体もガッチリしていた。目つきも鋭く、一見すると近寄りがたい。

でも、野草を採りに行く時はいつも護衛してくれる、面倒見がいいお父さんなのだ。

「よし、じゃあ布の下に鍋を並べて、と。白、手伝ってくれるか？　俺が魔法を使うと、この布から油が落ちる。そうしたら風魔法を使って、鍋の中にちゃんと入るようにして欲しいんだ」

「ウォンッ！」

いつも隣にいる白に頼むと、パタパタと尻尾を振りながら嬉しそうにこちらを見上げてくる。可愛くて、つい辛抱できずにもふもふと撫でてしまった。

よし。準備はこれでできた。あとは魔力を練って……。

ゆっくり、ゆっくりと体の魔力を循環させていく。

「エリルは左回りに、ラルフは右回りに布を捻ってくれ」

布が絞られて負荷がかかり、中の実が割れていく。

そこにすかさず、風魔法を使った。上と下から風で挟み、押し潰して漉すイメージで魔力を操作する。

最近になってやっと、風を使った魔法なら安定してイメージ通りに発現できるようになってきたのだ。

やがて、徐々に布に油が滲み出てきた。

搾り出された油を白が風魔法で鍋へと誘導し、どんどん鍋の中に溜まっていく。

一方の俺は、次第に脂汗が出てきた。魔力操作の練度がまだ低いので、長時間操作し続けることは、かなりの負担となる。それでも集中を切らさずに、練っていた魔力を一気に出し切った。

「よし、無事に搾れたな。ありがとう、エリル、ラルフ、白。おかげでキレイな油ができたよ」

限界まで魔力操作を頑張った甲斐があって、五つの鍋の全てに緑がかった金色に輝く油がなみなみと入っていた。

「とりあえず休憩してから完成させるかー！　よし、ちょっと疲れたからもふもふさせてくれ」

エリル、ラルフ、白の親子へと突撃して、もふもふまみれになる。

ふはー、癒されるなー。ここは本当に天国や。

三匹の身体に上って、彼らの足では届かない首筋や耳の後ろをがしがしと豪快に撫でてあげると、とても喜んでくれた。

「よし、休憩終わり！　魔力も回復してきたし、油を仕上げてしまおう。メインはトンカツだけど、付け合わせにさっぱりしたものも欲しいよな。生で食べられる野草を採りにいくか。エリル、ラルフ、白。森へ行くから付き合ってくれ」

今晩の献立はトンカツと生野菜、それに野菜スープにしよう。

普段、野草はまとめて採っているが、生野菜用は食べる時に森で採取しているのだ。

白たちを庭に残し、鍋を持って家に入る。すぐにキレイな布を用意して油を漉し、浄化してある瓶に慎重に詰めた。

そして、これからが本番だ。

回復してきた魔力を身体の中で循環させ、瓶の中の雑菌を取り除くイメージを固める。

はっきりしたイメージができたところで、ゆっくりと瓶に手を載せ、『浄化』と唱えた。

すると、手のひらから淡い光が広がって、瓶を覆う。浄化魔法、成功だ。

全ての瓶に浄化魔法を掛け、植物油が完成した。

「ふう、成功かな。一応あとで爺さんに見てもらおうか」

「浄化の魔法は難しい」とは爺さんから聞いていたが、確かに難しい。

多分、この世界の人には雑菌とか細菌の概念（がいねん）がなく、上手く想像できないためだと思う。

俺の場合はその分、イメージしやすいはずだが……実際に菌を目で見たことがあるわけではないから、やはり簡単にはいかないのだ。

やっと最近、狭い範囲や小さい物になら殺菌（さっきん）作用のある浄化魔法を成功させられるようになった。

ただ人間の身体全体だと、魔法をかける範囲が広い上に複雑な形をしているので難しく、大まかな汚れを落とすことしかできない。

でもトイレに行った時に、オースト爺さんを毎回呼ぶのも嫌だったから、何とか狭い範囲でも殺菌できるように頑張って覚えたのだ。

「さて、じゃあ次は森へ野草を採りにいくか。急がないと夕飯の支度（したく）が遅くなるからな」

家を出ると、庭で待っていてくれた白たち親子を連れて森へと入った。

爺さんの家は、この森の北にある最寄り（もよ）の村側から『死の森』へ入り、歩いて三日ほどの位置にある。もちろん、魔物や魔獣に襲われずに進めたら、の話だ。
爺さんの家からさらに森は南へ広がり、奥へ進むとドラゴンがいる火山に行き当たると

いう。

辺境の地で魔境と言われるだけあって、『死の森』に棲んでいるのは上位の魔物と魔獣がほとんどだが、当然、奥に行くほど強くて厄介になる。だから絶対に南には行くな、と爺さんに言われている。

これまで、森で野草を採集している時に、魔物に襲われたことは何度かあった。

魔獣には知性があるから、白たちのように強い存在がそばにいればほぼ寄ってこないのだが、魔物は気にせず襲ってくることが多いのだ。

初めて魔物に襲われた時、俺はただ腰を抜かしてへたり込んでいた。

日本では大学へ進学するまで田舎暮らしをしていたから、裏山で猪に追われた経験はある。だが、それとは比べ物にならないくらい、魔物の迫力は凄まじかった。濃密な魔力をともなった威圧に震え、気を失わないようにするだけで精一杯だったのだ。

けれどその時は、襲ってきた魔物を、一緒にいたエリルが一瞬で食いちぎってくれた。

そのあっけないほどの死と、噴き出す血を目の当たりにして、俺はただ茫然とするだけだった。

それから何度も同じようなことがあって、多少は慣れてきたのだが。

「生で美味しい野草は、確か西の方に群生していたよな。いつも行く場所より、ちょっとだけ奥に入らないといけないけど、白たちがいるし。パパッと採ってくるか」

少し探索範囲を広げる時はいつもは北へ行くのだが、今回向かうことにした西の群生地は、前に爺さんと採集に行った時に見つけた。

木々が生い茂る薄暗い森の中を、なるべく音を立てないよう、気配を殺して足元に注意しつつ歩く。

進みながら、目当ての野草を見つけたら採取しているが、やはりそれだけでは十分には集まらない。

普通に森の中を探すと、どうしても量を集めるのに時間がかかる。やはり群生地へ行かないとダメだな。

こうやって採取しながら森を歩いていると、日本でまだ子供の頃に、祖父と歩いた春の裏山を思い出す。

祖父は、田舎で暮らすのだから何でも自分でできなきゃならん、が口癖で、自分で作れるものは可能な限り作っていた。水田と畑を持っていて、野菜を作る農家だったから、ほぼ自給自足の暮らしだった。そんな祖父から、様々なことを学んだのだ。

思い出に浸っていると、突然ラルフが唸り声を上げた。

「ガウウッ！」

その声でハッとしてラルフの方に目を向けると、大きな蛇型の魔物が木の上から下りてくるところだった。太さ一メートルくらい、ここからでは尾が見えないが、体長は十メートル以上あるかもしれない。

その禍々しい魔力と威容に気圧されてしまった。

　隣の白をちらりと見ると、俺を誘導するようにゆっくりと後ずさりしたので、俺も震えながらなんとか一緒に下がる。

「グルルルッ」

　今度はエリルの声だ。見れば、左手の木々の間に、大きな蜘蛛型の魔物がいる。恐らく蛇の魔物と戦闘している隙をついて、俺たちに攻撃を仕掛けるつもりだったのだろう。

エリルは蜘蛛の魔物を牽制しながら、ラルフの隣に移動していく。

それでも一瞬の隙を狙って襲ってきた蛇の魔物に対し、ラルフが飛び掛かった。

ラルフは蛇の魔物の首に咬みつくと、そこを起点に氷の魔法を展開し、傷口を凍らせる。

しかし蛇の魔物は太すぎて完全には凍りきらなかったため、すぐに決着とはいかなかった。

　頭をラルフに押さえつけられ、苦し紛れに暴れた蛇の魔物の尾が、縦横無尽に木々に叩きつけられ、枝が折れて飛び散った。

その枝で視界が塞がれたエリルの死角から、蛇の魔物の尾が叩きつけられる。

「グルッ！」

ふいをつかれたのだろう。初めて聞くエリルの慌てたような声に、思わず俺はエリルの戦いに釘づけになる。

その時――

「ギャウンッ‼」

すぐそばで悲鳴が聞こえた。白の鳴き声だ。

咄嗟にそちらを見ると、いつの間にかすぐ近くの木々の間に、蜘蛛の魔物がぶら下がっていた。

だが俺は恐怖で足が竦み、震え、事態を見守ることしかできない。蜘蛛の魔物から俺を庇う傷ついた白を、ただ見ているだけだった。

そんな俺の前で、白は蜘蛛の魔物が吐き出した酸をよけることもせず、前脚で振り払ってさらに傷つき、また酸を吐き出されては払いのける。

再び白に攻撃をしようとした瞬間、蜘蛛の魔物の姿がブレた。

え？　と思った時にはすでに白の前にエリルの姿があり、蜘蛛の魔物は無残に切り裂かれていた。その直後、後ろから蛇の魔物の断末魔の叫びが響き、戦闘が終わったことを知る。

「ハッ！　し、白っ！　お前怪我したんじゃっ！　俺を庇ってて」

エリルが褒めるかのように喉を鳴らしながら白の顔を舐めているのを見て、やっと我に返った俺は、慌てて白に駆け寄ろうとした。

それなのに一歩を踏み出した途端、震えた足がもつれて倒れ込みそうになり、白の体に受け止められてしまった。

「白、お前……。ごめんな、俺を庇ったせいで怪我までして。脚、大丈夫なのか？　ちょっと見せてくれ」

自分の情けなさをつくづく痛感しながら、そのまま座って白の脚をそっと手に取る。

酸が当たった場所を見ると毛が溶けていて、ヒドイところだと地肌が見え、赤くなっていた。

「ごめん、ごめんな、白。俺がしっかりしていなかったせいで……。せめてお前と契約して意思疎通ができていたら、怪我しないで済んだだろうに……。本当にごめんな」

ペロペロと舐めてくれる白を抱きしめて、ただ謝ることしかできない自分に腹が立つ。

これまで何度か魔物と遭遇したが、その度に白や他の皆が倒してくれて、ほとんど身の危険を感じることなく森を進むことができていた。

だから、つい勘違いしてしまったのだ。俺は何もできなくても、皆と一緒なら森を進むのは大して危なくない、と。

その考えが、いかに甘かったことか。

森は危険だ。人は弱く、木々や草だって脅威になり得る。ましてや山で自由に生きる獣に、ただの人間がかなうわけがない。

――人は森では用心深くならねばならん。息を潜め、気配を殺し、異変を感じたらすぐに退路か避難場所を確保しろ。生き残るために、常に考えろ。

山歩きをしている時、猪を狩る猟銃を持ちながら、祖父は俺にそう告げた。

その言葉の重さを、今さらになって思い知らされる。

何もできずにいた俺は、エリルに促され、その背に乗り森を引き返した。

家に着くと、出迎えてくれた爺さんに事情を説明し、白の怪我を見てもらう。

そして、『死の森』がいかに危険な場所なのかを、爺さんから懇々と諭されたのだった。

「よし、いくぞ、白」

ゆっくりと濃密に練り上げた体内魔力を、全て右手に集める。

魔力がじんわりと滲みだして仄かに光る手を、目の前に座る白の額へそっと載せた。

この世界に落ちてから約一年の時が経ち、出会った時はまだ大型犬よりもちょっと大きいくらいだった白は、もう俺の背丈を超えていた。

「今日からお前の名前はスノーティアだ。ずっと一緒にいてくれてありがとう。待たせてごめんな。これからもよろしくな！」

『スノーティア！　私はスノーティアなの！』

頭の中に直接、少し舌ったらずな少女の高い声が響いた。

その瞬間、右手の光がパッと強く輝き、スノーティアの額の中へ吸い込まれていく。

俺は手を離し、白からスノーティアとなった、白銀に輝くフェンリルの子供の様子を窺った。

どこも変化はなく、しきりに嬉しそうに尻尾を振っている姿を見て安堵する。

「どうだ？　爺さん、俺の契約は成功したか？」

「頭の中にこの子の声が聞こえたんじゃろう？　だったら大丈夫だ。話しかけてみたらどうじゃ？」

「よし。スノーティア、普段はスノーとティア、どっちで呼んだ方がいい？」

『んー、どっちでもいい。アリトの好きな方でいいよ？』

「おおっ！　凄いな、本当に契約すると話せるようになるのか。じゃあスノーって呼ぶよ。スノーは『雪』って意味なんだ。雪は白くてふわふわしているから、ピッタリかなと思ってつけたんだよ」

『うん！　雪、ふわふわ！　スノーなの』

嬉しそうに俺の顔へ鼻先をすり寄せてくるスノーを、そっと抱きしめて撫でる。

「スノーか。いい名を貰って良かったの」

従魔契約とは、自分の高濃度の魔力を相手に与え、相手が受け入れればその魔力で二人の間にパスができるという魔法だ。

パスを繋ぐには、契約の時につけた名前を魔力で刻み込む必要がある。

こうやって無事に契約を成功させて、スノーと会話ができるようになると、あの時のことを思い出さずにはいられない。


西側の森に行き、魔物に怯えて動けずにいた俺を庇って、スノーが怪我をした日。

オースト爺さんに小言を言われながらも、俺は治療の仕方を教わった。

白の怪我の原因は蜘蛛の魔物の体液だったので、どう治療したらいいかわからず、俺は何もできずに戻ってきたのだ。

オースト爺さんに薬草や薬の知識を教わっていながら、傷の手当ての仕方さえ知らずに危険な森へ入っていた自分を恥じた。

この世界には、即時治癒できる回復魔法はない。どんなにイメージを強く持っても、傷口の再生などは人の組成を全て理解できていないと無理だということだ。病気も同じで、原因と治療方法を完璧に理解していないと治せない。だから当然、飲めば怪我や病気が治るという即効性の薬もない。

一般的に治療に使うのは、浄化の魔法だ。汚れを落として清潔にすることを徹底してイメージすれば、ばい菌や病原菌を殺す作用に繋がるからだろう。害となる菌を殺し、身体に術者の魔力を浸透させて患者本人の魔力に刺激を与え、回復力の上昇を促すのだ。

しかし、治療となる浄化魔法を使える人は少ないらしい。

切り傷にも浄化を掛ければ、大きな傷でなければ回復力の上昇により血は止まる。ただ、裂けた肌が塞がるわけではないから、傷口には薬を塗って手当てしなければならない。

治療の仕方を教わった時、爺さんが研究している薬にも、外傷用や、魔法による回復力の向上でも改善されない病気用など、様々な種類があることを知った。

俺が少しずつ学んでいたのは、よく使う薬草の種類くらいだったけれど、改めて教わったことで、今まで爺さんにどれだけ甘えていたのかを自覚した。

だから決意したのだ。魔物を一人で倒すことはできなくても、せめて皆が戦っている時に、自分の身を守る術を身につけよう、と。

あの日、しょげかえっていた俺は爺さんに尻を叩かれ、予定通りに皆が狩ってきた獲物を捌いてトンカツを作った。

そして夕食後、俺は爺さんの部屋に行き、弓と攻撃魔法の使い方を教えて欲しいと願い出たのだ。

「……無理をしなくてもいいのじゃぞ？　お前さんは戦う必要のない世界に育ったのじゃ。儂は好きでここに住んでいるのであって、お前さんには街で暮らすという選択肢もある。

今は子供じゃからすぐに独り立ちする必要もないし、これからどう生きるかはじっくり考えればいい」

「……ありがとう。爺さんには本当に感謝しかない。爺さんは、この世界に落ちて何もわからない俺に、『これからどうする？』とは聞かなかった。おかげでのんびり甘えて、ここでの暮らしに慣れることができたんだ。けれど俺は、自分で生き方を選ぶ強さが欲しい。だからお願いします。俺に戦う術を、この世界でも一人で立てる力をください」

姿勢を正して頭を下げた俺に、爺さんはしばらくそのまま黙っていた。

「……ハァ。お前さんが……アリトがそう決めたのなら、儂は協力しよう。年を重ねた儂にできることは、若者を教え諭すことだけじゃからな。生きる道の選択は、本人にしかできん。なら周りはそれを応援して見守るだけじゃ。明日、練習用の弓を作ろう。言っておくが、儂はエルフとしては異端だと自覚しておるものの、弓へのこだわりはそこらのエルフには負けんからな？　やると決めたからには、とことん教える。覚悟しておくのだぞ」

「ありがとう、爺さん。いや、オースト師匠。……師匠は俺の祖父に似ているよ」

だから、その前を向いて真っ直ぐ立ち向かう背中に、憧れてしまうのだ。

「それは嬉しいのう。どこの世界でも爺さんは爺さんで、通じるものがあるのじゃな。まあ儂の方が、年季はかなーり入っておるがのう」

「見た目はオースト師匠の方が断然若いけれどな。トンカツもいくら植物油で揚げたとはいえ脂っこいのに、あんなに食べられるんだものなー」

「ほっほっほっ。トンカツか。あれならいくらでも食べられるぞ。とても気に入ったから、また作っておくれ」

「ああ。揚げるにしても、衣や揚げるものによって色々な種類があるんだよ。味付けでも結構違うしな。まあ向こうと同じ材料はないが、採れるもので作ってやるよ」

「おう。楽しみじゃ」

この世界で会えたのが、オースト師匠で良かった。

スタート地点でこんな素敵な出会いがあったのだ。後ろを振り返るのは止めて、この世界で前に進んでいこう。

「そうじゃ。攻撃魔法は魔力を完璧に制御できないと、危なくて教えられん。だから基礎の魔力操作を徹底してやるのじゃぞ」

「ああ、わかった。気合を入れてやるよ。白とできるだけ早く契約したいからな」

それからは、毎日の日課が変わった。

朝昼晩と、時間があれば魔力操作の練習。そして昼間は体力向上を目的とした運動と、弓の鍛錬に励んだ。

運動はまずラジオ体操をし、ストレッチをじっくりやってから、広場をぐるぐるとランニング。

　もちろん、食材の確保は必要だから野草を採りに行ったりもしたが、無理をせずに家の近場だけに留めた。

　夜には薬草のことや薬の作り方、傷の処置の仕方などを本格的に教わり、オースト師匠と二人で研究したりもした。

　そうした訓練の日々を過ごし、やっと今日、白と契約の日を迎えられたのだ。

『アリトー、アリトー、今度スノーに乗ってね！　ちゃんとアリトのことを乗せて森を歩くの！』

「ありがとうな、スノー。じゃあ頼むよ。でも最初はスノーに乗る訓練からだなー。明日からやるか？」

『うんっ！　私ももっと大きくなって、ちゃんとアリトのこと守るの！』

「うわっ、ちょっ、スノー！　もうスノーの方が大きいんだから、あんまりじゃれると俺が窒息しちゃうよっ！」

　尻尾を振りつつ身体にのしかかってきたスノーに舐められ、顔が涎まみれになりながら笑う。

『大きい？　まだスノー小さいよ？　アリトも小さい？』

「アハハハハ。小さいな。でも俺はいくら大きくなっても、スノーのようにはなれないよ」

『そうなの？　でも大丈夫！　スノーがお母さんみたいにもっと大きくなって、もっともっと強くなるの！』

俺の上からどいたスノーが、嬉しそうにパタパタと尻尾を揺らした。

「……なあ、スノー。なんで俺がこの世界に落ちて来た時、気づいて来てくれたんだ？」

確かオースト師匠は、スノーが突然走り出したと言っていた。師匠にも、その理由はわからなかったと。

『んん？　あの時、誰かに呼ばれた気がしたの。だからお爺ちゃんに止められたけど、走って向かったの。なんかあったかいものを感じるなと思ったら、そこにアリトがいたの！　アリト、あったかいよ。だからスノー、ずっとアリトと一緒にいるの！』

「そうか……。あったかい、か。ありがとうな、スノー。俺を見つけてくれて。俺を選んでくれて。師匠と会わせてくれて。俺もスノーの隣でずっと胸を張っていられるよう、頑張るよ」

『うん！　スノーはずっとアリトの隣にいるの！』

やっと最初の目標である、スノーと契約することができた。

だが、まだこれからだ。俺の従魔になってくれたスノーに、相応（ふさわ）しい主人であるように。守られるだけでなく、いざという時は大切なものを自分で守れるように。

次はそれを目標に頑張っていこう。

第四話　オウル村

ヒュンッ。……ビシッ。

狙い定めて射た矢は、広場に置いた木の的から少しずれたところに突き立った。

「……外したか」

「動いてない的を、このくらいの距離で外してどうする。森では木と木の間を、針の糸を通すかのように射るのだぞ」

「そうだよなー……。よし、もう一本」

スノーと契約してから半月が経った。相変わらず俺は修練の日々を送っている。

そのおかげで、ついに矢を射る距離が広場の端から端までになった。

最初の頃は十メートルも飛ばすことができなかったが、オースト師匠にビシバシしごかれて、今ではかなりの距離まで届く。

再びつがえ、じっくりと狙いをつけて放った矢は今度こそ的に当たったが、中心より少し外側だった。

「うーむ。ちょっとズレとるが、まあいいじゃろう。次は動く的じゃな。スノー、飛ばしてやれ」

『うん！　アリト、行くよーっ！』

「おう、……っと」

返事をする前に森の中から広場の中央へ一斉にバラバラと飛んで来た石を狙って、次々と矢を射る。

そして即座に魔力を練ると意識を風に向け、石と矢が近づいた時にそっと風を操るように魔力を解き放った。

すると矢が石の脇を通り過ぎそうになった瞬間、軌道が少しずれて石に向かっていく。

「うーむ。ほとんど当たらない。まだまだだな……」

結局当たったのは数個だけで、大半の矢はそのまま地面に落ちた。

弓を習い始めてまだ一年も経っていないことを考えれば、こんなものかと思わないでもないのだが……。

「だがアリトは器用だの。儂らでも、追い風の魔法を使って矢を加速したりはするが、軌道修正は滅多にやらん。矢が速すぎて対応しきれないからの」

「……エルフは普通に射って当たるから、修正がいらないだけだよな。軌道修正不可能な速さで射るとか、かろうじて見える距離にある的に当てるとか、俺には到底無理だから。

まあエルフにしてみれば、俺のやり方は邪道だろうけど」

そう、俺が使ったのは風を操る魔法だ。魔力操作がやっと形になり、魔法の発現が早くなったからこそできるようになったこと。

ただ、俺の認識より矢のスピードが速かったり、距離の感覚が誤っていたりで成功することは少ないのが現状だ。

時間を掛けて狙いを定めるなら、自分の魔力を矢に宿して射ることもできるが、次の矢には魔力操作が間に合わない。実践で使いものになるまでは、まだまだ遠い道のりだ。

弓の修練が終わると、魔法の訓練に取りかかる。主に、自分の魔力操作だが。

重要なのは即座にイメージを固めて魔力を操作し、魔法を発現させることだ。

水、火、風を生み出す魔法については、やっとそれなりに発動できるようになった。

水は空気中の水分を集めるイメージ。火は火気を集めて一気に燃やすイメージ、といった具合だ。風は一番得意……というか、満足に操作できるのが風くらいしかないというか。

土を操る魔法も、地面に手をついて使えば、落とし穴を作ることや少し地面を隆起させることはできるようになった。

あとは照明やフラッシュの魔法などを光を収束するイメージで発現し、ある程度は維持できるようになったし、自分の影を意識して闇を操り、気配の隠蔽もできる。まあ、動いたらすぐ気づかれてしまいそうな精度だが。

攻撃魔法を教わることになった時、オースト師匠に俺が想像する魔法の話をしたら、だいたいその通りのイメージで再現してくれた。広範囲の殲滅魔法の話もしたが、エルフでも再現できるのは、風と木を操る類の魔法だけだろうとのことだ。それに、さすがに瞬時に発現させるのは無理らしく、結局オースト師匠は殲滅魔法を実践しようとはしなかった。

とりあえずオースト師匠が使ってみせた、ボール系、アロー系、カッター系の魔法は、使えるようになりたいのだが、即座に魔力を属性変換させるのが難しい。こう、もうちょっと何かを工夫すれば、発動が格段に早くなる気がしているのだが。

まあ、今は魔力操作を完璧にできるようになるのが先決だろう。

ちなみに、夜に勉強している薬作りも、今ではこの辺りで採れる薬草を使って作れるようになった。図鑑を見ながら師匠の解説を聞き、この森にない薬草の処理の仕方も教わっている。

そのまま生で使う薬草や、乾燥させたほうがよいもの、あるいは薬草の根や茎だけを使う場合もある。

適した処理をした薬草に自分の魔力を込め、薬草の魔力と調和させて効能を引き出すことで、薬が完成する。その一つ一つの手順を、師匠からしっかりと教わっているのだ。

また治療の仕方なども、浄化魔法を含めて前よりも本格的に習っている。

「よし。そろそろ昼飯を作らないと。今日はこの間の鳥の魔物の肉を使って、から揚げにでもするかな。夜の分も欲しいし、多めに揚げるか」

トンカツを出して以来、揚げ物がお気に入りのオースト師匠に、卵があれば他の種類の揚げ物も作れると言ったら、すぐに村へ買い出しに行った。その時初めて、家から一番近いというその村に俺も連れていってもらったのだ。

一番近いといっても、ここから北へ向かって森を出て、さらに半日以上歩いた場所にある……らしい。俺は正直、今でも距離はよくわからないのだ……。

なぜかと言えば、村には歩いて行ったわけではないからである。

オースト師匠は、ロックバードという軽く十メートルはある大きな鳥型の従魔を呼んだと思ったら、驚いている俺を担いで乗せ、即座に空へと飛び立たせた。

高さと速さに恐怖し、叫んだところまでは覚えているのだが……気づけば村に着いていたのだ。

空の旅が衝撃的すぎて、異世界で初めての集落訪問！　というイベントが、何だか呆気なく終わったよな……。

その村はオウル村という名で、小規模だがそれでも家が三十戸ほどあった。

パン屋と雑貨屋の二軒だけだが店もあり、そこで食料と調理器具を買い足して帰ってきたのだ。

その時に初めて狼の獣人を見て、俺のテンションが上がったのはいい思い出である。

おっさん獣人だったのに、本当に犬耳と尻尾があるのを見て、思わず飛びつきそうになってしまった。

まあ、思い出話はいいとして、今は昼飯を作らないとな。

台所に移動した俺は、早速料理を始めた。

塩と胡椒に似た香辛料で鳥の魔物の肉に下味をつけ、それに衣をつけて油に投入する。

様子を見つつ揚げ、肉に火が通り衣がきつね色になったら完成だ。俺は醤油味が好きなのだが、いつか食べられる日が来るだろうか。

「よし、できたぞ」

「ではいただきます、じゃ」

いつの間にかオースト師匠が椅子に座っていて、テーブルに置く直前に皿のから揚げをつまみ食いした。まったく……。

「から揚げ、最高じゃのう。お、そうだアリトよ。明日は村に行くからの。今日の午後、森へ行くなら、シラン草も採っておいてくれんか」

「わかった。見かけたら採っておくよ。村に行くなら、必要なもののリストを作るから買ってきてくれ」

「何を言っておるのじゃ。アリトも行くのじゃよ」

「はあ？　別に俺が行かなくたっていいだろ。店で売っている食料なんて、いつ見てもそんなに変わらないし」

「ダメじゃ。儂を師匠と呼ぶなら師匠命令じゃ。明日は昼食を食べたら行くからの」

「……よく食った後すぐに、ロクスに乗る気になるよな」

そう、オースト師匠は毎回、ロックバードのロクスで村へ行く。

あれから何度か村に連れていかれ、俺もやっと気絶はしなくなってきた。

だが、いくらオースト師匠が風魔法で周囲を覆い、ロクスから落ちないようにしてくれているとはいえ、あのスピードを手すりも何もない状況で体験したいとは思わない。

ロクスの羽毛はふわふわ滑らかしっとりしていて、触り心地は最高なんだけどな！　うん。いいもふもふなのは間違いない。

「ほっほっほっ。アリトがいつまで経っても慣れないだけじゃ。スカっとする！　くらいに思わんのか」

「いつかそうなるとは到底思えないな……」

まあ、こうなったオースト師匠は、俺が何を言ったところでどうせ担いででも連れていくのだ。仕方がないから、今日の採取は明日の分まで集めるとするか。

もっとも、村に行くのがイヤなのは、ロクスに高速で運ばれることだけが理由ではないのだけどな……。

俯（うつむ）くと一年前も着ていた服が目に入り、思わずため息をついた。

ここしばらく、ずっと気になっていること——その原因は、俺が落ち人だからかもしれない。

もやもやとした感情が湧き上がりそうになるのを抑え、目の前のことを片付けるために動き出した。

『えー、アリト、明日はおでかけなの？ だったらスノーも一緒に行くの！』

『いいや無理だ。だってスノーは大きくなったから、もうロクスに乗れないだろう？ それに村にも入れないし』

『ええっ！ それじゃあスノーはアリトとずっと一緒にはいられないの？ 大きいと強いのに！』

『そうだなー。村とか人が集まる場所には、大きいと入れてもらえないんじゃないかなー』

『んむぅ。大きい方がいいと思ったのにー』

今日の森の採取について来てくれたのは、エリルと豹系の魔獣のチェンダ。それとリスに似た魔獣のラルだ。ラルは小型だから、木々の間を飛び回って上から警戒してくれている。

チェンダは俺が皆と出会った初日に、エリルの次に撫でさせてくれた個体だ。チェンダも結構な頻度で、俺の採取について来てくれている。

森ではもう二度と油断しないと、スノーと念話で話しながらも警戒し、食用の野草、頼まれたシラン草などの薬草を採取して回った。

『アリト！』

スノーが警戒を促す声を上げ、スウッと前に出るのと同時に、俺は手に持っていた薬草を素早くカバンに突っ込み、肩に担いでいた弓を手にして矢をつがえる。

警戒しながら待っていると、前方の茂みから地響きを立てて猪系の魔物が突っ込んできた。

そいつをヒラリとかわしたチェンダが、すれ違いざまに前脚で胴体を切り裂く。さらに木の上からラルが魔法で蔓を伸ばして絡めとると、待ち構えていたエリルが咬みついた。

断末魔の叫びを上げて倒れた後、ピクピクと痙攣する魔物を見つめ、警戒を解くことなく矢を構えたままチェンダに告げる。

「チェンダ。その魔物の肉は美味しいから、今から一度家に持って帰ってくれるか？　俺は少し来た道を戻ったところで、チェンダが帰ってくるのを待っているから」

「ギャウッ」

頷いて一声鳴くと、軽々と魔物を咥えたチェンダが足音もなく家の方へと消える。

魔獣は魔法も使いこなせるため、チェンダは風魔法で咥えた獲物を浮かせて走っていった。

ちなみにラル以外は、今倒された猪系の魔物も含めて俺よりも大きい。チェンダが四メートルくらい、倒した猪系の魔物も二メートル以上あっただろう。

『アリト、こっち』

流れた血の臭いで他の魔物が集まってくる危険性が高いから、すぐにこの場を離れなければならない。

俺は弓を手に警戒しながら、スノーとエリルに誘導されて移動した。

『ここでいいって、アリト』

「ああ、ありがとう、スノー」

来た道から少し外れた木々の間で立ち止まり、チェンダの帰りを待つ。その間も警戒は怠らず、もちろん俺も周囲に注意を払った。

契約をして言葉を交わせるようになってから、スノーが皆の通訳をしてくれている。そのおかげもあって、随分スムーズに森で採取できるようになった。

弓を持ち、自分の魔力をいつでも使えるように溜めて待機していると——

ピクン。

その時に反応できたのは、視覚よりも優先して、魔力の気配を探って警戒していたからだろうか。ババッと弓に矢をつがえて、上に向けて構える。

『アリト、どうしたの？　敵意のある気配は感じないよ？』

「ん？　そうなのか？　なんだかこちらを窺っている気配があった気がしたのだけれど……」

スノーがそう言うなら気のせいかな？

けれど、弓を下ろしても、なんだか上が気になってチラチラ目が行ってしまった。

『あ、チェンダが戻ってきた』

「わかった。じゃあ残りを採取して戻ろう」

その後、何事もなく採集を終わらせて家に帰ったけれど、あの時の気配がなぜかずっと気になったままだった。

◆　◆　◆

昨日のオースト師匠の宣言通り、昼食の後すぐにロクスに乗せられた。

スノーが凄くしょんぼりしていたから、オースト師匠に俺は家に残ると言ったのだが、問答無用で連れていかれたのだ。

「うぎゃあああぁあああああっ！　ちょっ、何で迂回しないんだっ‼」

「そんなことするわけないじゃろ。ほれ、ロクスは向かっていくのが好きなんじゃ」

今、山の上にある雲を突き抜け、ロクスは超高速でワイバーンを追いかけています！

なんで空の上で遭遇したワイバーンに、わざわざ喧嘩を売りに行くんだ！　戦闘はできるだけ避けるべきだろう！

オースト師匠が風魔法を使って、飛行による気圧や温度の変化は防いでくれているから、呼吸は普通にできる。

だけど……もうギュルンギュルンと視界が揺れて、魔法で緩和しているはずなのに遠心力で身体が転がりそうなのだ。

死神が手招きしている幻影を見ながら、必死でロクスの羽毛にしがみつく。空の上に今にも投げ出されそうだ。

ううう、ふわっふわな羽毛は気持ちいいのにっ！　……って、なんで師匠はこんな状況で楽しげに笑っていられるんだよっ！

一応保険としてオースト師匠と命綱を繋いでいるのだが、それで安心できる状況じゃまったくない！

「お、向こうも来るようだぞ」

そんなオースト師匠の不吉な言葉が聞こえて、つい顔を上げてしまったのが悪かった。

ロクスの頭越しに、ワイバーンが牙を剥いているのを直視してしまったのだ。

あの大きな口で自分が食いちぎられる場面が脳裏に浮かんだ。

いっそ気絶したい。でも、次に目を覚ますことはあるのだろうか？

真剣に葛藤しているのに、俺の横では――

「ほっほっほっ。ロクス、やっていいぞい」

やっていいぞい、じゃねぇっ！

俺の心の叫びは届くことなく、ロクスが勇ましく鳴くと同時に、一気に視界が斜めになった。

落ちる！　と思う間もなく、またギュルンと視界が回る。

今自分がどうなっているかを確認する前に、さらに回転……。

ぐるぐると胃の中まで回って、どんどん酸っぱいものがこみ上げてくる。

「キシャァアアアッ――――!!」

「よしよし、もう放っておけ。この森に落下したらどうせ生きていけんじゃろ」

薄れゆく意識の中でロクスの高らかな勝ち鬨を聞きながら、今気絶したら気道にゲロがつまるかな？　とか思った直後、俺は限界を迎えて気を失ったのだった。

「おい、着いたぞ。起きるんじゃ、アリト」

ん？　んを？

ああ、ふわふわもこもこだ……。獣の毛並みもいいけど、羽毛も気持ちいいよなー……。

「着いたと言っておるだろうがっ！　さっさと起きんか！」

ゴツンッと、まだ意識がぼんやりしていた頭に激痛と衝撃が伝わり、グワァーンッという効果音とともに目が覚めた。

うわっ。ロクスのもふもふのいい目覚めだったのに、最悪な気分だ。

「ゲホッ。師匠、加減しろよ……」

喉の奥のいやーな臭気を消そうと、水を魔法で生み出して口をすすぐ。

一息ついて、ロクスからなんとか降りたが、その場にへたり込んでしまった。まだ足がガクガクしている。

周囲を見回すと……ここは村の門から少しだけ離れた、いつもの場所か。

オースト師匠は毎回ロクスで来ているから、もう村の人は慣れているらしい。

「アリトがいつまで経っても軟弱なだけじゃろ。もう何度もロクスに乗っておるのに」

「今日のはただ乗っていたわけじゃないだろうがっ！　……なあ、あのワイバーン、どうなったんだ？」

「ん？　ロクスの攻撃を受けて森へ落ちていったぞ。まあ、あの傷じゃからな。生きてはおらんじゃろ」

ああ、やっぱりあれは勝ち鬨だったか……。

ワイバーンは、この世界では魔獣ではなく、竜種という特殊な分類になる。別に倒す必要はないし、むしろ人が有効活用できる生き物なのだが……。

「なあ、オースト師匠。ワイバーンは契約すれば騎獣にできるんだろ？」

「ああ、そうじゃ。騎獣にするなら、普通は魔獣じゃなくてワイバーンの方が多いかもしれんな」

南にドラゴンがいると聞いた時、竜についても師匠は話してくれた。竜種でも、一番下級のワイバーンと地竜なら、契約を結ぶことができるそうだ。それ以上のクラスの竜は、ほとんど奥地から出て来ないらしいが。

「なら、なんでオースト師匠はあのワイバーンと契約しなかったんだ？」

「あいつはピンと来なかったからの。出会うワイバーンや魔獣と全部契約していたら、えらいことになる。儂の家にいるのはな、お互いにピンときて契約を結んだり、敵として出会っても戦って意気投合したりして、契約を結んだやつらばかりじゃ」

「へえー。ちなみに普通はどうなんだ？　従魔と契約している人は、そんなにいないんだろ？」

オースト師匠が普通じゃないのは間違いない。だから、一般的な話も聞いておきたかった。

「そもそも、普通はワイバーンや魔獣に出会わんからな。遭遇した場合でも、やはりピンと来て契約を結ぶ者もいると聞くが、戦って屈服させ、契約というより無理やり服従させる方が多いだろう。ワイバーンなんかもそっちがほとんどじゃ」

確かに、普通は森で魔獣と出会ったとしても、その場で親しくなるのは無理そうだ。

じゃあ、スノーと俺は、オースト師匠が言うところの『お互いにピンときた』ってヤツだな。

「やっぱり力で屈服させる場合の方が多いんだな。そんなことをするのは俺はイヤだけど、もふもふは何匹いてもいい……。他にも、どこかに俺にピンと来てくれるもふもふはいないかな」

うん。もふもふは何匹いたって、ちゃんと皆可愛がるぞ‼ 存分にもふもふするぞ‼

「ほっほっほっ。お前さんはまだまだ若い。これからいくらでも機会はあるじゃろ」

「そうだな。まあ気長に待つとするよ」

今なら、合コン好きな大学の時の同級生の気持ちがわかる気がする。お互いピンとくる相手を探す、もふもふ合コンとかあったら絶対行くな。

「それがいい。アリトなら、恐らくすぐに自分に合った相手がわかるじゃろう。ではアリトよ。村へ入るぞ。ついてこい」

「ああ、わかった。なんだ珍しいな。別行動じゃないのか。俺に何の用事があるんだ？」

これまでは村に入ったら解散し、それぞれの用事が済んだら村の入り口に戻る、ということになっていた。俺はいつも買い出しなのだが。

買い出し用の金は、初めて村に来た日に師匠から「腐(くさ)るほどあるわい」とか言ってたっぷり渡されたものがまだあるから、今日も別行動で問題ないのだが。

「いいから来い。ではな、ロクス。帰りに呼ぶから、それまで好きにしていてくれ」

オースト師匠に連れられて門から村に入り、奥の一番大きな家に向かう。

村にある建物はオースト師匠の家とほぼ一緒で、ログハウスに似た簡素なものだ。

たまに石造りの家も見られるが、そちらもシンプルなものだった。

目的の家にたどり着くと、オースト師匠は扉を叩いて声をかける。

「オーストじゃ。すまないが、儂宛の手紙が届いているじゃろ。引き取りに来たのじゃが」

中から出てきたのは、恐らく村長であろう年老いた老人だった。

「おお、オースト様。確かに手紙が来ておりますぞ。ちょっとお待ちくだされ」

「ああ。あとこれは頼まれていたシラン草じゃ。先に渡しておくの」

「ありがとうございます。これでいつ子供たちが熱を出しても大丈夫でしょう。では、手紙を取ってきますので」

シラン草は、そのまま煎じて呑んでも効果がある。オースト師匠は依頼されれば薬にして納品するだろうけれど、それだと値が張るからな……。

「お待たせしました。こちらでございます。それからシラン草のお礼は……」

「ああ、よいよい。この手紙の預かり賃だと思ってくれ。薬草ならいつでも採ってこられるでな。なあアリト」

「はい。俺でも採れますから。いつでも言ってください」

「いつも本当にありがとうございます。オースト様」

「こちらこそ色々便宜(べんぎ)を図(はか)ってもらっておるのじゃ。気にするでない。では、また来るでな。何かあったらいつものように頼むぞ」

「はい、ありがとうございました」

深々と頭を下げた村長に見送られ、俺たちはその場を後にした。

道を引き返し、村の中心へと向かうオースト師匠についていく。

オースト師匠は、この村の人と鳥の従魔を使って連絡を取っているらしい。たまに鳥を飛ばしているのを見るけれど、方角が村と違うこともあるから、オースト師匠は他のところともやり取りしているのだろう。

あの家は、普通は誰も来られない場所にあるしな。『死の森』は上空にだって、鳥型の魔物や魔獣が飛んでいるのだ。飛ぶことのできる騎獣がいても、オースト師匠の家へたどり着くのは容易(ようい)ではないと思う。

「よしアリトや、これを見るのじゃ」

村の広場に着くと、先ほど村長から受け取った手紙を差し出された。

「それは？」

首を傾げて手紙を見つめていると、オースト師匠が封を開けて中身を取り出し、俺に渡した。

「これは、アリトの身分証明書じゃ。この村で発行してもらってもよかったのじゃが、儂に考えがあっての。色々手配していたら時間がかかってしまったのじゃ。遅くなってすまんかった」

俺の、身分証明書……。

この世界では、どの国でも簡単な戸籍のようなものがあるそうだ。村なら村で、街なら街で住んでいる場所に納税する義務がある。だから国は住民の数をほぼ把握しているし、住民に身分証明書を発行してもいる。成人するまで納税する義務はないけれど、きちんと孤児にも身分証明書はあるらしい。

もちろん、勝手に住みついた者もいないわけではないが、街に入る時には身分証明書がないと、色々取り調べを受けるそうだ。

……取り調べを受けて『落ち人』とバレたら、国とか貴族とかに利用される可能性もないとは言えない。だからオースト師匠は、気を回してくれたのだと思う。

「それでな、アリト、お前さんに黙って作ったわけは……それを見てくれないか」

オースト師匠から手渡された紙を開いて見ると、確かに『アリト・ヒビノ』と書かれた身分証明書だった。発行場所はこのオウル村ではなく、エリダナとある。エリダナって、どこだ？

「こっちも見てくれ」

オースト師匠はもう一通の手紙を取り出し、その中身も俺に手渡す。

それは同じく身分証明書だったが、こちらの名前は『アリト・エルグラード』とあった。発行は一枚目と同じくエリダナとなっている。

「オースト師匠、これは？　エリダナってどこの地名なんだ？　それに二枚目はエルグラードってなってるけど」

「エリダナは、儂の生まれたエリンフォードの国にある街じゃ。エリダナの街には知人がおるから、色々と融通(ゆうずう)が利(き)くのじゃよ」

ああ、確かにオウル村のように小さな村では、ごまかしが利かないだろう。

「エリンフォードはエルフが作った国じゃが、エリダナは別にエルフだけが住む街というわけではない。人族や獣人、他の種族の者も住んでおる。妖精族など、エリンフォードでないと見かけないじゃろうな。だから、他種族との間に生まれた者も大勢暮らしておるのじゃ」

「あっ……！　オースト師匠……」

俺がこの村にあまり来たがらないのは、ロクスでの移動がつらいからだけではない。もう一つの理由。それをオースト師匠は見抜いていたのか……。

ここは小さな村だから、何度か訪れれば、自然と村の人たちの顔を覚えてしまう。

そうなると、イヤでも村人と自分との違いに気づいてしまうのだ。

「いいか。この世界はお前さんのいた世界とは違って、様々な種族がおるのだ。儂らエルフのように永い時を生きる者もいれば、儚い者もおる。だからお前さんが人と多少違っていたとしても、ここでは何も気にすることはないのじゃぞ？　この村は人族が多いから、あまり実感できぬじゃろうが」

そう、俺がこの世界に来てから、もう一年以上は経っている。

なのに、『落ち人』として変化したこの体は、ほぼ変わっていない。身長はおろか、髪さえもほとんど伸びていないのだ。

最初はこの世界に慣れることに必死で、そんなことにかまっている余裕なんてなかったから気づかなかったのだが。

「それでも不安なら、自分で『落ち人』のことを調べたらいい。世界を回れば、色々とわかることもあるじゃろうしな。もし旅に出た時、アリトがどこかの国や貴族相手に、何か面倒事に巻き込まれたとしても便宜を図れるよう、儂の姓の身分証明書を用意したのじゃ。儂の名前はの、ちぃとばかり、どこの国でもはったりが利くでの」

「オースト師匠……」

俺は不安だった。この世界の異分子である、『落ち人』であることが。自分自身のことなのに、どう変化したのかまったくわからないことが。

「アリトは儂にとっては弟子でもあり、孫みたいなものじゃ。その身分証明書は保険と思ってくれればいい。受け取ってくれるなら、この書類にサインしてもらえんかの」

そう言って差し出されたのは、養子縁組の書類だった。

身分証明書の手配に時間がかかったのは、俺の戸籍や、この書類を準備するためだったのだろう。

「……いいのか？ 俺のことがバレたら、オースト師匠に迷惑がかかるかもしれないぞ？」

「そんなの気にすることじゃないわい。儂がなんだって今、『死の森』なんかに住んでおると思っておる？」

「……ありがとう、オースト師匠。この身分証明書を使う時がくるかはわからないが、ありがたく厚意に甘えさせてもらうことにするよ」

そう言って俺は、しっかりと書類に名前を書いた。この世界に俺が持ち込めた、唯一のものを。

ここで遠慮したら、オースト師匠の厚意を無にすることになる。ありがたく受け取るのが、今の俺にできる精一杯のことだ。

日本では両親の顔も知らず、育ててくれた祖父母が死んだあとは一人きりだった。

なのに、またこうやって繋がりができた。それを嬉しいと思えるようになった自分を、少しくすぐったくも感じるけれど。

「よし。ではこれを早速鳥に持たせて、使いに出すとするかの。あとはさっさと買い物をして帰るぞ。まあ、なんだ。これから旅に出るかどうかは、ゆっくりと考えるといい。急ぐ必要などないのじゃからな」

少し照れくさそうにそそくさと歩き出したオースト師匠を、小走りで追いかけて隣に並ぶ。

「わかったよ。ありがとう、爺さん」

そして祖父と祖母へ向けていたように、精一杯親しみを込めて笑った。

第五話　新しい仲間

『アリト、今だよ』

木々の間から魔力を込めて狙って射った矢は、加速した後わずかな軌道修正を経て、狼系の魔物の眉間に突き刺さった。

「ギャウンッ」

『後はスノーがやるの！』

魔物が痛みに一瞬怯んだ隙に、ギュンッとスノーは一気に駆け寄り、飛び上がって首に咬みついた。

スノーに咬みつかれた魔物は抵抗するようにもがき、自分よりも小さいスノーを振り払おうと前脚を振り上げる。

しかし、さらに力を込めて咬みついたスノーは、とどめに風の刃を放った。

風に切り裂かれた魔物は、地面にドウッと倒れる。

「よし、やったな、スノー！」

『うん、やったの、アリト‼』

「エリルもありがとうな、見ていてくれて。安心して戦うことができたよ」

オースト師匠に身分証明書を貰ってからも、俺は変わらずに鍛錬の日々を続けていた。

確かにオースト師匠の言う通り、寿命が違う種族の両親から生まれた人も、この世界には多くいるのだろう。そういう人が自分の寿命がわからないのと同じだと思えば、俺も自分の身体のことを気にしなくてもいいのかもしれない。

けれど、それができないのならば、もっと今の自分自身を知るために『落ち人』のことを調べるしかない。その道は、オースト師匠が示してくれた通りだ。

だから、いつかは旅に出るつもりだ。

でも、やはりオースト師匠のもとから離れて、一人で知らない異世界へ踏み込む勇気が、まだ俺にはない。

　この世界には魔物がいて死が身近にあり過ぎるため、日本に比べると命が軽く感じられる。

　そんな中、この大陸の国も情勢も何も知らずに一人で飛び込むのは、俺にとってはハードルが高いのだ。

『アリトー？　どうするの？　この魔物、持って帰る？』

　考え事をして黙っていたら、スノーに不思議そうに話しかけられてしまった。

「ああ、ごめん、スノー。持って帰ろうか。風で血が散らないようにして持てるかい？」

『うん、大丈夫だよ。スノー、持てるよ！』

　倒した魔物を咥えて風で浮かせながら、ブンブン尻尾を振りつつこちらに来たスノーの胴体をポンっと叩いた後、俺たちは周囲を警戒しながら家の方へ歩き出した。

　いや、今の俺にはスノーがいてくれる。だから一人じゃない。旅に出るなら二人で、だな。

　とりあえず今は、その一歩を踏み出す勇気を持てるように、スノーと二人で弱めの魔物を狩って戦いの訓練をしていた。

　もちろん、スノー以外の付き添いは今でも必ずついて来てもらっている。油断して死んだら元も子もないからな。

『んっ、上っ！』

「ふっ！」

スノーの掛け声に咄嗟に頭上の気配を探り、風の魔法を繰り出して視界を遮る木の枝を切り落とす。

そうして相手の姿を確認すると同時に、続けて矢を放った。

突然だったので矢に魔力を込めるのは無理だったが、なんとか風魔法を発現させて軌道修正すると、その矢は無事に、木の上の蜘蛛系の魔物の目の一つに突き刺さった。

『スノーも行くよっ！』

矢が刺さった怒りで、八本もある足をうごめかせて威嚇する蜘蛛系の魔物に対し、スノーは尻尾を勢いよく振ると同時に風の刃を放った。

その風の刃は片側の足を三本切り落とし、魔物は自分で張った糸の上で体勢を崩す。

『もう一回っ！』

ザザンッとスノーの放ったいくつもの風の刃が、酸を吐き出そうとしていた蜘蛛系の魔物の足元の糸と胴体を大きく切り裂く。

そのまま木から落ち、グシャッという音とともに地面に叩きつけられて動かなくなった。

それでも俺は、警戒しながら周囲の様子を探る。

「やった、か？」

『うん、死んでいるの。この魔物はどうするの、アリト。運ぶー？』

「ああ、この糸は使えるから持っていこうか。エリル、お願いできるか？」

「ガウッ」

「じゃあ家に戻ろう。そろそろ昼飯を用意しないとな」

皆で家に向かって再び歩き出すと、ふっと見られている気配がした。

同じような気配は、ここのところ森へ入る度にいつも感じている。

だが、その気配を追ってみても姿を見つけることはできなかったのだ。

オースト師匠にも話したけれど、なぜか笑われるだけだった。実害がないなら放っておけ、と。

ただ油断だけはするなよ、と取ってつけたかのように付け足されたが。

スノーに聞いても、毎回敵意がある気配はないよ、と返されるだけだ。スノーは基本、自分たちに敵意があるか否(いな)かで危険を判断しているらしい。

今日も正体(しょうたい)はつかめないかな、と思いつつ、気配のした方を窺う。

この気配に対しては、スノーも他の皆も特に何も思わないようで、俺だけが左手側にある木を見上げていた。するとその時――

バサバサバサッ。

「ピューイッ、ピッ、ピューーッ！」

突然、見上げていた木から一羽の鳥が鳴きながら飛び降りてきた。

「うおっ、なんだ？」

「ピィー、ピピピッ！」

戸惑うばかりの俺に抗議するかのように、目の前で鳥がバサバサと羽ばたき、ホバリングする。

大きさはカラスくらいで、青系の色の羽が美しい、とてもキレイな鳥だった。頭上と尾にある長い羽が、羽ばたく度にヒラヒラと揺れ、木の間から差し込む光に照らされてキラキラと輝いて見える。

『あー、アリト。その鳥さん、「お前のことをずーっと見ていたが、いつまで経っても風の使い方が全然なってない！」って言ってるよ』

「ピイッ、ピッ。ピューイ、ピイッ」

お、やっぱりこの気配の主には敵意がなかったのか。姿を見てもスノーが警戒せずに、通訳してくれているものな。

羽がキレイだとはいえ俺には普通の鳥に見えるが、きっと魔獣なんだな。

でも、風の使い方って？

『だからその鳥さんが、「仕方ないから俺が風の使い方を教えてやる！」って言っているよ。ねえ、鳥さん。鳥さんは一緒に来るの？』

羽ばたくのをやめてスノーの頭に止まった鳥は、力強く鳴いて答える。

「ピッ、ピピッ。ピュー」

『うん、わかった。アリト、鳥さんが「どうなんだ？」って。「返事次第ではついていってやってもいい」って言っているよ』

「えっ！　それはもしかして、俺と契約して風の使い方を教えてくれる、ってことか？」

これが前にオースト師匠が言っていた「ピンと来た」というやつなのだろうか。こいつは俺にピンと来たから、ずっと様子を窺っていたのか？

「ピュゥー、ピッ、ピピピッ」

『アリトがちゃんと鳥さんの言うことを聞いて、真面目に練習するなら契約してやってもいい、って』

「おおっ！　それじゃあお願いします！　ちゃんと練習してもっと上手く風を使えるように頑張るから、俺と一緒に来てください」

俺は鳥に向けて頭を下げた。せっかく出てきてくれたのだ。俺から拒絶するなんてことはしない。風の効率のいい使い方を教えてもらえるのもありがたいし。

「ピュー、ピピッ」

「ありがとう、これからよろしくな！」

なんとなく、「仕方ないからついていってやる」って言われた気がしたから、それに合わせて返事をした。

どうやら間違ってなかったらしく、鳥はスノーの頭の上から俺の肩の上に飛び移ってくる。

「うっ……」

ズシッとした重さが首や肩に伝わって、バランスを崩して倒れそうになったが、なんとか踏みとどまる。幸い、上質な魔物の革製の防具を身につけていたから、鳥の爪で肩を怪我することもなかった。

「ピピピッ！　ピピピピッ‼」

「……わかったよ。気をつけます」

今のは「気をつけろ、しっかりしろ」だよな……。

『アリト凄いね！　鳥さんの鳴き声だけで言葉がわかるんだね！』

「ちょっ、スノー、危ないから！　言葉はなんとなーくわかる気がしただけだよ。とりあえず家に戻ろう。ここはまだ森の中だからな」

嬉しそうに飛び掛かってこようとしたスノーを必死に止める。肩の上に鳥が乗っていてバランスが危（あや）ういのに、さらにスノーが来たら転ぶ未来しかないからな。

そのまま俺たちは家に向かって歩き出した。

帰り道、魔物には襲われなかったが、鳥は肩に乗ったままだ。

……おかげで弓を手に持ってバランスをとりながら歩くことになり、気配を殺して周囲を警戒するどころではなく、肩の鳥には頭をつつかれながら師匠の家まで戻ったのだった。

「ほおー。アリト、お前さん面白いのを連れてきたの」

広場に入ったら、家の前でオースト師匠が待っているのが見えた。恐らく、俺が帰ってくるまでの間にエリルから鳥のことを聞いたのだろう。

契約すると、主人と魔獣の間にパスが繋がり会話ができるようになるが、それは面と向かってに限った話ではなかった。お互いの魔力を目印に思念で会話するから、ある程度距離が離れていても通じるのだ。

「ほら、前に話した、森でたまに感じる気配の主だよ。やっぱり俺のことを見ていたみたいで、契約を結んでくれるって」

「ピピッ‼」「ピュゥーーッ‼」

「うわっ、イタタタ、痛いって、頭をつつかないでくれ！　俺の風の魔法が下手だから、見かねて風の使い方を教えてくれるって！」

「ピッ！」

「ふう、痛かった……」

「ほっほっほっ。今日初めて姿を見たわりに、随分親しげなのだな。では、すぐに契約の儀を始めるか？」

「ああ、お願いするよ。いいよな？」

「ピッ！」

大体言っていることはわかる気がするけれど、契約した方が意思疎通しやすい。

鳥が同意してくれたのを感じたから、そのまま契約を結ぶことにした。

オースト師匠の隣に膝をついてしゃがみ、肩から降りた鳥と正面から向き合う。

改めてこうやって明るい場所で見ると、本当に美しい姿をしていた。

冠羽と尾羽は美しい目の覚めるような青で、体は尾にいくにつれ翠がかっている。

それでも嘴と爪は鋭く、眼光は猛禽類を思わせる。それらの鋭さが、戦うためのものだということを示していた。

そんな姿をじっと見つめながら、体内の魔力をゆっくりと練っていく。

「よし、決めた。名前はアディーロだ。風の使い方の指導、よろしくお願いします」

しっかりと練り込んだ魔力を手に集め、そっとアディーロの額に指を添える。

一瞬白く光り、スノーの時と同じようにアディーロの額に光が吸い込まれていくと、低い男の声が聞こえてきた。

『ふん、まあ、その名前で納得してやる。ビシバシしごいてやるから、そのみっともない風の使い方を早く直すのだな』

「お、お願いします。アディー」

そのままそっと小さい額を撫でると、嫌そうに振り払われた。

……すべすべの羽毛なのに。もふもふさせてくれなさそうだよな、アディーは。

『なんだ、アディーとは』

「あ、愛称だよ。その方が呼びやすいし」

『……一文字だけ略して、愛称も何もないだろうに』

そんな会話をしていると、スノーが近づいてきて挨拶をした。

『スノーだよ！　アリトとずっと一緒にいるの！』

『ふむ。そなたはまだ子供だな。仕方ないからまとめて俺が面倒見てやる』

「ハハハハ、お願いするな！」

うん、これでまた頼もしい仲間ができた。

俺はこの世界でまだまだ一人では生きていけない。こうして縁があって仲間になったのだから、助け合って仲良く過ごしたいものだ。

「アリト、そのアディーロのことを知っているのか？　種族とか」

「いいや、知らないよ。戻ってくる時にも何も聞かなかったし」

「そうか。そのアディーロは……」

「ピピピピッ！」

「だめだってさ、オースト師匠。『俺が自分で言いたくなったら言う』って。まあ、いいんだ。アディーがどんな種族でも。俺と契約して、仲間になってくれたってことの方が重要なんだからさ。だから俺は風の使い方を教えてもらいながら、アディーが自分のことを話してくれるのを待つよ」

「……ああ、それがいいじゃろうな。さて、ではアリトよ。昼飯を用意してくれんか？ちと腹が減ってきたのでな」

「あっ！　もう昼飯の時間だった！　急いで用意するからちょっと待ってくれ！　アディーは皆と挨拶でもしていてくれな！」

『……まあいいがな』

俺は慌てて家の中に入り、昼飯の用意をしたのだった。

◇　◇　◇

アリトが昼食を作っている間、広場に残ったオーストは、アディーロに声を掛けた。

「いいのか？　アディーロ、お前さんウィラールの中でも相当な力があるじゃろう？　アリトはまだ色々と疎いから、その姿だと絶対に気づかないと思うのじゃが。契約してよかったのか？」

近くにいるエリルを介してそう尋ねる。

「ピィー、ピピッ。ピピピピッ、ピュー」

アディーロの言葉をエリルに通訳してもらい、オーストは面白そうに微笑(ほほえ)んだ。

「ほう。まあ儂はスノーだけではちと心配じゃったから、お前さんがアリトと一緒にいてくれるのならよかったがの。アリトをよろしくお願いするのじゃ」

「ピッ！」

第六話　旅立ち

目を覚ましたら、そこは草原だった。

……………はあぁ？　またか？

周囲を見回しても、視界に入るのは今俺が寝転がっている草原と、青い空。それと遠くに見える木々だけだ。

「こ、ここはどこだ？　一体何が……？」

まさか、またここから新たな始まりなんて言わない、よな？

『アリトー？　目、覚めたー？』

『さっさと覚醒せんか、このバカ者が』

「はっ！　スノーとアディーの声！　あ、いたっ！　良かった、また一人で別の世界に飛ばされていたらどうしようかと、真剣に考えちゃったじゃないか‼」

ガバっと身を起こして声のした方を振り返ると、少し離れたところに寝そべるスノーと、その身体の上にとまるアディーの姿があった。

良かった、夢じゃない！

あまりに嬉しくて、思わずスノーに飛びつく。

『わーい、アリト、もっと撫で撫でしてー！』

要望に応えて、俺はスノーを撫で回し、存分にもふもふする。

『……おい、アリト。いい加減にせんか。まだ思い出さないのか？』

「ん？　思い出す？　えーと、何があったんだっけ？」

そうだった。なんで俺は、こんな見渡す限りの草原で寝ていたんだ？

……確か、昼食を食べ終わってのんびりくつろいでいる時、オースト師匠に「もう十分強くなったじゃろ」って言われて。「まだ不安です」って答えたら、「そんなんじゃいつまで経っても外に出て行けんわ！」って返されて、その後は……。

「オースト師匠に無理やりロクスに乗せられて、空中宙返りとか楽しそうにされてまた気絶した？」

『そうだ。やっと頭が動き出したか』

　って、じゃあなんで俺はこんな草原にいるんだ？

　ここ、オウル村の近くってわけでもなさそうだよな？

　ああ、もう、わけわかんねぇ！　よし！

　オースト師匠と実験して作った物の一つに、従魔契約のような念話を人と人との間でもできるという魔道具がある。あまりに距離があると使えないが……。

　森で万が一のことがあった時に備（そな）えて、俺はいつもその魔道具を持ち歩いていた。

〈おい爺さん！〉

〈おおアリト、やっと気がついたのか？〉

　とりあえず話だ！　と念話してみると、まだ通じる距離だったようだ。

〈一体どうなっているんだ‼　ここはどこなんだ？〉

〈そこは森を儂の家から北西に抜けた場所じゃよ。お前さん、自分じゃいつまで経っても旅に出る決意をしそうになかったからの。強制的に連れ出したまでよ〉

　確かに、強くなって自信がついたら旅に出るとは伝えてあったけどさ。

〈おいおい……。強制的にって……〉

〈荷物はちゃんと作ってスノーに持たせたでな。そこにこの大陸の地図と儂の知り合いへの紹介状も入れてある。そいつらに宛（あ）てた儂の手紙と、ついでに儂が欲しい薬草のリスト

も一緒にな。あちこち回りながら集めてきてくれ〉

〈いや、そりゃオースト師匠の使いや薬草集めなら、いくらでもするけどさ〉

初めてのお使いか……。まあ、旅立たせるための口実だとしても、師匠が欲しいと言うなら頑張って集めるけどな。

〈あ、お前さんが開発したり作ったりした調味料や魔道具、あとこの森で採れる薬草で作った薬じゃな。それらは迂闊に街で売ると、恐らくいらぬ騒動が起こるじゃろうて。当座の金は荷物に入れてあるでの。金に困ることがあれば、儂が紹介状を書いたやつらにでも売れ。そやつらなら悪いようにはしないはずじゃ。あとアリトが欲しいと言っていた魔道具もな、その紹介状を書いた一人……ドワーフのドルムダに相談すれば、嬉々として完成まで面倒を見てくれるじゃろ〉

〈オースト師匠……〉

多分また鳥を使って、方々と連絡をとって手配してくれたのだろう。

師匠は世間の煩わしさから隠居しているのに、俺のために……。

しかし調味料も売っちゃダメなのか？　ハーブソルトとか、師匠が見つけた胡椒に似ている香辛料を使うスパイスとかしか作っていないのに？

〈なあアリト。別に儂はお前さんを追い出すわけじゃない。どうしてもまだ、アリトが外へ出る気になれないのなら、そこから儂の家へ戻ってくれればいい。スノーとアディーロがいれば、問題なく『死の森』を通ってもたどり着けるじゃろう。じゃが、アリトもこの世界に来てもう二年以上経った。その間に旅をするには困らない力も、お前さんは十分に身につけた。だからの、外を見ずに悩むより、一度出てからダメだと思えば戻ってくる方がいいと思わんか？〉

外……。そうだな。もう二年以上も経ったのに、俺は自分の常識とは違う『異世界』を未だに恐れている。

でも、自分自身のことを知らずに森に留まって、いつ果てるかもわからないまま、師匠とスローライフを満喫できるほどの図太さは俺にはない。

〈確かに見てみないとわからない、よな〉

旅をしたからといって、俺が求める『落ち人』の答えは手に入らないかもしれない。

けれど、この世界で生きることを本当の意味で受け入れるには、一度は外へ出て各地を見て回らなければいけないだろう。そのために、魔法も弓も鍛えていたのだから。

〈わかった。ちょっと外を見てくるよ。……なあ、オースト師匠。スノーとアディーもいるし、三人でならどこに行っても大丈夫、だよな？〉

後押しして欲しくて、思わず尋ねてしまった。

〈ああ、もうアリトはどこに行ったって、何があったって大丈夫じゃ。だから旅をして、もしお前さんがそこにいたいと思える場所があったら、居を構える未来を考えてもいいのじゃよ。もちろん、儂のところに帰って来ることにしたのなら、儂はいつでも歓迎するぞ。まあ、いずれにせよ、土産(みやげ)を持って一度は帰って来い〉

師匠はいつも俺のことを考えてくれている。

なら、それに乗って俺も一歩を踏み出す勇気を出そう。

〈ああ、わかったよ。じゃあここから近い街を教えてくれ。どうせオースト師匠は俺のことを考えて、ここに置いていったんだろ？〉

〈ほっほっほ。国ごとの特徴や注意点は手紙に書いておいたぞ。そこはナブリア国といっての、人族も他の種族もそこそこいるし、平和な国じゃ。今アリトがいる場所からさらに北西に行けば、イーリンという街があるでの。とりあえずはそこに行き、街で色々見て回って慣れるのがいいじゃろ。『落ち人』のことを調べるなら、王都に図書館があるぞ〉

〈わかった。じゃあ行ってくるよ〉

〈ああ、儂との連絡用に鳥を一羽、アディーロに預けてあるからの。何かあったら手紙を持たせるのじゃぞ？　それからエリダナも一度は訪ねてくれ。色々うるさいからの〉

〈ああ、ありがとう、オースト師匠。元気でな。行ってきます〉

〈おう、アリトも元気でな〉

この世界は俺にとってはまだ異世界だが、「行ってきます」と「ただいま」を言える場所も、待っていてくれる人もできた。

だから俺は、自分が納得できるように、『落ち人』である自分自身のことを調べに行こう。

それが終わったら、ゆっくり田舎でスローライフが目標だ。もちろんその時は、もふもふはできるだけたくさん一緒に！

そうだ！　俺にピンときてくれる仲間が、世界にはまだまだいるはずだよな！

「よし、スノー、アディー、待たせたな。ここから北西に行けば街があるらしいから、とりあえずそこを目標にしよう。途中に村があったら立ち寄って情報収集もしていこうか」

『うん！　スノーはアリトと一緒ならどこでも行くよ！』

『ふん。歩きながらでもしごいてやろう。まだまだ風の使い方がなっていないからな、アリトは』

「アハハハ。これからよろしくな！　二人とも！」

『うん！』

『ふん』

背を押されないと踏み出せなかった一歩だけど。

俺の『異世界』の旅が、今始まる。さあ、行こう！

第二章　初めての街

第七話　街へ向けて

青い空と、見渡す限りの草原。

さっきまでの不安はもうなく、心なしか世界が輝いて見える。

……今まで森の中に住んでいたからあまり実感がなかったが、太陽が二つもあるのだしな。そりゃあ明るいか。

なんて締まらない旅立ちだ。いや、俺にはお似合いかもな。

とりあえずこのまま旅に出るのだ。荷物の確認をしなければ。

いつも斜め掛けしている、作った時からずっと俺の魔力を馴染ませているカバンは、狙い通りに魔力に応じて容量が拡張するようになった。今では大体、三メートル四方分くらいの容量がある。中の空間を広げるイメージだから、カバンの口に入らない物は収納できないのだが。

それでも食料などを魔力で包んで入れておけば、時間経過もさらにゆっくりにできる。

森の中で何があってもいいように、普段から俺はカバンには一通りの物を入れるようにしていた。

まあ、ぶっちゃけ物置代わりにも使っていたからな。俺の荷物は、ほぼこのカバンに入っているのだ。

だから、これさえあれば、いつ旅に出ても大丈夫だったのだが……。

で、オースト師匠が持たせてくれた荷物は、と。

荷物は大きな背負い(せお)カバンに入っていた。オースト師匠と俺で少しずつ魔力を注いで作った、汎用(はんよう)型マジックバッグの試作品の一つだ。先程の斜め掛けのカバンほどの容量はないが、素材自体の魔力が良質なので、見た目の五倍は入る。

お、布団だ！　俺の布団が入っているぞ！　これは助かる。一度布団の柔らかさを味わったら、硬い寝床は勘弁(かんべん)だものな。

森で綿みたいな植物を見つけたため、必死に集めて回って敷布団を作ったのだ。オースト師匠にも作ってあげたら、柔らかいと凄く喜んでいた。だけど、これも街で出したら騒動になるのだろうな。

あとはパンや肉、大中小様々な魔力結晶に魔物の革や素材、それと『死の森』の奥地でオースト師匠が採ってきた薬草類に、同じく師匠が作った特殊な薬各種。現金と、地図と手紙と紹介状の束、それにオースト師匠から俺に宛てた手紙が入っていた。

うわっ、これって……。師匠は過保護だよな。助かるしありがたいが、人に見られたらまずいなんてもんじゃないぞ……。

……俺の寿命がどのくらいかはわからないが、一生働かなくてもお金に困らないかもしれない。

まあでも、旅の途中でお金を稼がなくて済むし、ありがたいのは間違いないな。

それでも、小さな村や町での滞在中、働かずにお金を使っているだけだと怪しまれるかもしれないから、とりあえずそこら辺の薬草は換金用に見つけたら採っておくか……。

オースト師匠の研究室には各種薬草が保管されていて、薬草のことは一通り教わった。だから『死の森』に生えるもの以外の薬草も、ある程度見分けられるし、それを使って薬を作ることもできる。

不審に思われない程度に、薬を作って売ってもいいかもな。街に着いたら、薬を作る道具類を見てみよう。

とりあえず荷物の確認が終わって、当座はなんとでもなると確信することができたので、現在地を確認するために地図を開いてみた。

この世界では貴重品である大きな紙全体に、この大陸であろう図が描いてあった。東には大陸のそばに小さな島々が点在し、そして大陸中央南部に広大な森と火山を含む山脈がある。

ドラゴンが棲んでいるという火山がここで、その北が『死の森』だな。だとすると、『死の森』の北西……お、あった。イーリンの街。ナブリア国だし間違いないな。

ということは、俺が今いるのはこの辺り、か……。

地図を畳んでカバンにしまい、立ち上がって装備を変える。

自作の魔物の革製防具を身につけ、カバンをいつものように斜めに掛けて、腰のポーチに傷薬と短剣を移してすぐ取り出せるようにした。

その上からローブを羽織り、最後に荷物の入ったマジックバッグを背負ったら、弓を肩に掛けて矢筒を腰に下げる。

うーん、ちょっと大荷物か？　旅をしているのに身軽過ぎても不審がられるだろうから、まあいいか。荷物は夜にでも入れ替えて整理しておこう。

「お待たせ、スノー、アディー。行こうか！」

『ねえアリト、スノーに乗る？　アリトのこと乗せて走れるよ？』

「うーん、ありがたいけれど、止めておくよ。大きい魔獣を騎獣にしているのは、多分かなり目立つと思うんだ。だからスノーは小さくなってくれるか？」

スノーは今、全長三メートルくらいある。こんな草原では、どこからでも目立つだろう。

『小さく？　うん、いいよー。どのくらいまで小さくなればいいの？』

「じゃあ、初めて会った時よりも小さくなることはできるか？　頭が俺の腰くらいか、それ以下がいいのだけれど」

希望は最低普通の狼くらいの大きさだ。大きなフェンリルを従魔として街の中で連れ歩いていたら、どんな騒動が起こるか……。

『うん、わかったの！　じゃあできるだけ小さくなってみるの！　……うーん、えーい！』

スノーの発する魔力が高まってどんどん濃度を増し、一気に身の周りに纏った後にはハスキー犬くらいの大きさになっていた。

「おお、凄いぞスノー！　そんなに小さくなれるのか！」

この小さくなる魔法は上級種の大型魔獣独自のものらしく、本当は成獣になる時に親が教えるのだそうだ。スノーはまだ成獣ではないが、俺と早々に契約を交わしたから、エリルが教え込んでくれたらしい。

『あ、アリトが大きい！　ね、アリト、これでいい？　スノー、えらい？』

「ああ、えらいよスノー、よく頑張ったな！　その大きさなら、宿でも一緒にいられるかもしれないぞ」

『ずっと一緒？　人の街でも？　やったー！　スノー頑張ったの！』

思わず小さくなったスノーに抱きついて、もふもふわしゃわしゃと毛並みを撫でまわす。

うん。小さいと、全身どんな場所も撫でやすいな。おお、尻尾もいい感じの太さだ！

エリルの教えは厳しかったみたいだが、スノーが俺といつでも一緒にいたいから頑張ったのだと聞いて、凄く嬉しかった。初めて魔法が成功して小さくなったスノーを、あの時も半日くらいもふり倒したっけな。

『ふん。では俺も目立たないようになろう』

じゃれる俺たちの様子をそばで見ていたアディーが、そう申し出た。

「ん？　アディーもか？　まあ、アディーはかなり目を引く色をしているから、小さい方がいいだろうけれど。それ以上小さくなれるのか？」

大きさは問題ないが、羽毛がとても鮮やかな色だから、確かに今のまま街の中で連れて歩いたら目立つかもしれない。

『俺を誰だと思っている。そんなこと造作もないわ』

次の瞬間、ふっと光ったかと思うと、そこには一回り小さい、ハトくらいのサイズになったアディーの姿があった。

「おおお、凄いー　さすがだな、アディー！　小さくてキレイで可愛いな！」

思わず小さなアディーの頭を人差し指で撫でたら、嘴で噛みつかれてしまった。

『調子に乗るな、バカ者。では俺は偵察に飛ぶぞ。このまま北西だな？』

「ああ、お願いな。人がいたら一応知らせてくれ。それと、道があったらそこまで誘導してくれないか？」

『わかった。では行くが、ただ歩くのではないぞ。ちゃんと風を意識しながら歩けよ』

そう言い捨てるとアディーは空へと飛び立ち、青空に紛れてすぐに見えなくなった。

「じゃあ行くか、スノー。薬草を採りながら歩くからな」

『うん、わかったの！　アリトと二人だけ！　楽しいの！』

「ああ。二人だけ、だな。そういえば初めてか」

外を歩く時は必ず、エリルか誰かが一緒にいてくれたから。

まあ、ここは『死の森』じゃない。油断してはダメだが、のんびり歩くとしよう。

草原はしばらく続いていた。たまに遠くに林を見かける程度で、見通しは非常にいい。

警戒して歩いていたものの魔物の類は一切出ず、たまに小さな獣を見かけるくらいだった。

『死の森』の外には、ここまで魔物や魔獣がいないとは、思ってもみなかったな。

スノーはいつもより身体が小さいから生い茂る草の間に入るのが面白いのか、はしゃいで飛び跳ねながら歩いていた。

そんなスノーを見て、思わずじゃれていたら、空からアディーに怒られてしまった。

反省して黙々と歩き、もうすぐ夕暮れという頃に、あと少しで道に出るとアディーから連絡が来る。

「やっとか。道に出たらちょっと休憩しよう」

『うん！　休憩休憩ー！』

『いや、アリト。道に出て少し行った場所に人がいるぞ。どうする？』

おお！　第一村人発見か！

……オウル村では少し村人との交流があったが、まったく知らないこの世界の人、か。

さて、どうしようかな？

『道のところにいる人っていうのは、どんな様子で何人くらいなんだ？』

遠目で村の様子を見てから人と接触するつもりだったのだが、もう人に会うとは想定外だった。

とりあえず、アディーにその人たちの様子を念話で聞いてみる。

『人数は三人だ。男と女と子供だな。道の脇に座り込んでいる。何をやっているのかまではわからん』

多分、家族連れだろう。もし休憩中ならそれとなく声を掛けてみようか。話を聞いてみれば、何か情報を得られるかもしれないしな。

『スノー、ちょっとその人のところに行くぞ。アディー、とりあえず接触して様子を見てみるよ。道に出てどっちだ？』

『お前の方から見て右手側だ』

『わかった。アディーは空から様子を見ていてくれ』

そうと決まれば、と速足で草原を抜けてさっさと道へ出る。舗装(ほそう)のされていない道には馬車の轍(わだち)が残っていて、幅はさほど広くない。

これは街道(かいどう)なのかな？　まあ、とりあえず右に行ってみるか。

少し進むと、道沿いの大きな木の下に、アディーの言った通りの三人の姿が見えた。

座っている女性の膝を枕にして、子供が寝ている。父親と思われる男性は、そばで荷物をひっくり返していた。

「あの……。どうされました？　何かお困りですか？」

「えっ……きゃあっ」

「だ、誰だっ！」

そっと声を掛けたのだが、男性と女性は飛び上がらんばかりにビックリして、さらにスノーを見てうろたえた。

つい、いつもの森を歩く時の癖(くせ)で気配を絶(た)っていたから、俺たちが近づいたのにも気づかなかったのだろう。

しまった。わざと足音を出して存在感を出した方が警戒されなかったよな……。

「ああ、すみません。驚かすつもりはなかったのですが。この子は俺と契約している従魔です。大人しい子なので大丈夫ですよ」

ペコリと頭を下げて謝りつつ、腰を落としてスノーを撫でる。スノーは尻尾を振って、その場にお座りした。

「あ、ああ、すまない。私たちは旅の途中なのだが、子供が熱を出してしまってね。ちょっと気が立っていたんだ」

そんなスノーの様子に少しは警戒を解いたのか、父親が事情を話してくれた。

「いえ、俺が悪かったのです。森に住んでいるので、つい森歩きの時の癖で気配を消してしまっていて」

「ああ、君は森に住んでいるんだね。だから子供なのに、そんな従魔を連れているのか。警戒して悪かった」

なるほど、それも警戒の理由だったのか。

考えてみれば、子供がこんな場所に一人で、しかも従魔を連れて歩いていたら不審に思うよな。

もしかして、子供の一人旅ってだけで、かなーり目立つんじゃないか？

いや、この世界では十五歳で成人って聞いたから、俺の外見ならギリギリセーフかも？

小柄な種族もいるらしいし……。

「い、いいえ。すいません、俺は爺さんとずっと二人だけで森で暮らしていたんです。外へ出たことがあまりなかったので、世間のことをよくわかってなくて。今回、初めてこの先の街まで買い出しに行くんですけど……あの、俺を育ててくれた爺さんは薬師だから、今も薬草や薬を持っていますし、俺も色々教わったので簡単な治療ならできると思います。よかったら、お子さんの症状を診ましょうか？」

咄嗟に言ったが、変じゃないよな？

今後も実際の素性を話すわけにはいかないから、何か設定を考えておかなきゃまずいか。この人たちに色々聞いて、情報を仕入れてから設定を練ろう。

「それは本当か！　薬を持っていたはずなのだが、見つからないんだ。よかったら譲ってくれないか！」

「わかりました。じゃあ、ちょっと診させてもらいますね。いいですか？　奥さん」

「え、ええ。お願いします」

まだちょっと不審に思っているみたいだけれど、やはり子供の状態が不安なのだろう。膝に寝かせている女の子の身体がよく見えるように、仰向けにしてくれた。

女の子は顔が赤く、呼吸も荒い。

「ちょっと触りますよ」

断ってから額に手を当てて、熱を確かめる。確かに普通よりも熱く、顔色が悪いし汗も出ていた。毒を持つものに咬まれたとかじゃなければ、風邪か何かの病気だろうか。

俺はここに来てから一度も病気になったことはないが、オウル村で風邪が流行った時、オースト師匠と一緒に診察に行ったことがあった。

「この症状はいつからですか？　ずっと体調が悪そうにしていましたか？　それとも突然熱が？」

「昨日はずっと歩いていたから、だるそうにはしていたんだ。でもその時は、ただの疲れかと思っていてな。今朝、近くの村を出た時は、今ほど具合は悪くなかった。今日歩けば目的地に着く予定だったから村を出発したのだが、お昼過ぎごろから熱が出始めてしまって……」

それで歩けなくなって、ここで休んでいたのか。

「なるほど。では虫とかに刺された、というわけではなさそうですね。ちょっと浄化の魔法を掛けて、様子を見てから薬を検討します。いいですか？」

菌とウィルスを殺菌して、身体の回復力を上げるイメージで浄化を掛けてみるか。

オウル村に診察に行った時、一度だけオースト師匠の監督のもと、治療のために魔法を掛けた経験がある。その時は上手くいって、大分症状を緩和することができた。今回もその時のイメージでやってみよう。

「あ、ああ……。頼むよ」

「娘をお願いします」

本当は見ず知らずの子供に大事な娘を託すのは嫌だろうに。それでも信じてくれたのだから、俺も全力で応えるしかない。

「はい。では始めます」

目をつぶり、治療魔法を思い描きながらゆっくりと魔力を練り上げ、そこに病原菌の殺菌と抗体を作り上げるイメージで浄化の魔法を発動する。

「浄化」

少女の額に置いた手のひらから柔らかい光が零れ、身体に沁み込んでいった。

光が収まると、少女の顔色が少しだけ良くなり、呼吸も少し落ち着いたようだ。

「あ、チコの様子が！」

「これで少しは良くなったと思います。回復力も今の魔法で上がったと思いますので、様子を見てください。熱さましの薬を差し上げますから、栄養のあるものを食べて、薬を飲んで一晩寝れば、明日の朝には熱は下がると思います」

やっと不信感を消してくれた母親に、微笑みながら告げる。成功して良かった。

父親も喜んでくれたが、なぜか少し困ったような顔をしている。

「ああ、ありがとう、助かったよ。ただ……今日中に着くと思っていたから、野営の準備がないんだ。食料も、干し肉くらいしか持ってなくてね……」

「だったら、一緒に野営しますか？　食料は俺が持っていますし、この子もいるからここで寝ても外敵に襲われる心配はありませんよ」

俺の斜め後ろに座って、大人しくしていたスノーを、わしわしと撫でながら父親に提案する。

「そんなことまで……いいのかい？　私たちは助かるが……」

「では代わりといってはなんですが、よかったら街のこととか、色々教えていただけませんか？　何しろ近くの村にたまに行くくらいだったので、世間のことを何も知らないんですよ。教えていただけたら、俺も助かるのですが」

このまま街へ行ったら、絶対にうっかりで大変なことになりそうだ。

「それでいいのなら、いくらでも聞いてくれ。知っていることなら教えるよ」

「そうね。チコも今日はここから動かさない方がいいでしょうし。お願いしてもいいかしら？」

「はい、大丈夫です。では、俺は薪を拾ってきます。お二人はお子さんについていてください」

「すまないな……」

話がまとまると、竈用の石と焚火用の薪を拾いに、すぐそばにある林へと向かって歩き出した。スノーも一緒だ。

『アディー、ここからすぐ近くに村があるのか？』

『ああ、小さな村があるな。オーストが言っていた街はまだ遠い。この道をしばらく行くと、もっと太い道に出る。その先だ』

『ありがとう、助かるよ。で、アディーはどうする？　あの家族がアディーを見てどういう反応をするのか、確かめてみたいのだけど……』

『……仕方ないな。飯の支度ができたら呼べ。夜の間は一緒にいてやろう』

『わかった。じゃあ野営の支度をするよ』

道から林の中に入ると、あまり人が来ないのか、踏み入った跡がなかった。これなら薪もすぐに集まりそうだ。

『アリト！　スノーも何か手伝うよ？』

「じゃあスノーは薪を集めてくれるか？　ここに積んでおいてくれ」

『うん！　わかったの！　なんかいたら教えるね！』

ぴょんと飛び跳ねると、スノーは林の奥へと走っていった。

俺は、竈用の石や食べられる野草やキノコを採っていく。もちろん、薬草も採取した。

「そろそろいいか。スノー、どうだ？」

『スノー頑張ったの！　どう？　アリト！』

「おお、いっぱい集まったな。ありがとう、スノー。助かったよ。じゃあ戻ろうか」

スノーの隣には、こんもり積まれた木の枝の山があった。

カバンから袋を取り出し、木の半分と拾った石、野草やキノコを入れる。残り半分の木は、カバンに収納した。

俺は袋を手にして、三人のいる場所へ戻る。

「戻りました。夕飯の支度をしますね。あ、夜寝るのに毛布はありますか？」

今度は失敗しないように、わざと足音を立てて近づき声を掛けた。

「おお、おかえり。毛布は一応二枚はあるのだが……」

「俺が余分に持っているので、出しておきますから使ってください。あちらで火を熾しますね」

「ああ、ありがとう。世話になるね」

三人がいる木の下から少し離れた、地面がむき出しの場所に石で簡素な竈を組み上げる。

そこに薪を入れて火をつけ、鍋をカバンから取り出して水を魔法で出し、火にかけた。

干し肉を削って入れ、そこにさっき採ってきた野草とキノコを手早く切って加える。

干し肉から出た灰汁を取りながら、じっくり煮込めば完成だ。

チコと呼ばれていたあの少女も、具材を柔らかく煮たスープなら食べられるだろう。

味付けは……ここは無難に塩とハーブにしておくか。

四人分の食事を作り終えると、振り返って声を掛けた。

「できましたよ。どうですか？　娘さん、意識はありますか？」

「ああ、ありがとう。さっき起きたよ。普通に話せるし、もう大分いいみたいだ」

「では、こちらで一緒に食事をしてしまいましょう。食事が終わったら薬を渡しますので」

「はい、ありがとうございます。チコ、あのお兄ちゃんがチコを診てくれて、ご飯も作ってくれたのよ。食べられるだけ食べましょうね」

「はぁい」

　ゆっくりと娘さんと歩いてきた親子に火のそばに座ってもらい、用意したスープとパン、干した果物をそれぞれに手渡す。

　娘さんは、まだだるさはあるようだが、自分で立って歩いてきた。動けるようなら、もう大丈夫だろう。

「そういえば名乗ってもいませんでしたね。俺はアリトって言います」

「おお、そうだ、すっかり世話になったのに、こちらこそ名乗らずにすまない。私はセルスという。こっちは妻のマーサと娘のチコだ」

「娘を診てくださり、食事まで用意していただいてありがとうございました。ほらチコ、お兄ちゃんにお礼を言って」

「お兄ちゃん、ありがとう。すっごく身体が熱くてつらかったのが、楽になったよ！」

「それは良かった、チコちゃん。パンをスープに浸して少しずつ食べてね。お薬を飲んでゆっくり寝たら、明日にはきっと元気になるよ」

「うん！　あ！　このスープ、美味しいよ！」

さっきよりも格段に顔色の良くなったチコちゃんが、パンをスープに浸して食べるのを、皆で微笑んで見守る。

「さあ、どうぞ。たくさん作りましたから、おかわりもあります。どんどん食べてください」

「ああ、ありがとう。いただくよ」

「ありがとうございます」

そうして火を囲み、和（なご）やかに話しながら食事をとったのだった。

◆　◆　◆

「お兄ちゃん、ありがとう！　スノーもまたね！」

「さよなら、チコちゃん。元気でな」

「本当にありがとう。次の村へは、この道を真っ直ぐ歩けば着くからな」

「どうもありがとうございました。助かりました」

元気に手を振りながら去っていくチコちゃんと両親の姿を見送り、俺たちも出発することにする。

昨晩は和やかな雰囲気のままご飯を食べ終え、薬を飲ませて母親がチコちゃんを寝かしつけた後、父親のセルスさんに話を聞いた。

セルスさん一家はイーリンの街で暮らしているそうだ。実家に顔を出しに行く途中だったらしい。

だから俺の目的地であるイーリンの街での宿の選び方や、ギルドの場所、買い物に適した通りや店など、細かな情報まで教えてもらうことができた。他に、従魔のことも教わった。

一番の収穫は、林でさえも平地に比べれば魔力濃度が高く、魔物が出る危険性が格段に上がるため、普通は林や森で暮らす人はいないと聞いたことだ。

だから、俺が森に住んでいる、と言った時はかなり怪しいと思ったらしい。まあ、スノーがいたことで、従魔がいれば森でも暮らせるだろう、と考えたそうだが。

確かに師匠にそう説明されたことはあったが、何しろずっと『死の森』で暮らしていたから、あまり魔力濃度の違いについて理解していなかったのだ。

ちなみに、夜にアディーを紹介したら、また驚かれた。アディー自身というより、俺が子供ながらに二匹も従魔と契約していることがかなり珍しいそうだ。

ともあれ、これでやっと常識のすり合わせができたから、少しは安心して道を歩ける。

色々と教えてもらったから薬の代金はいいと言ったのだが、売り物ならばお金は受け取らないとダメだ、と言われて相場の薬代だという金額をいただいた。

チコちゃんは朝にはすっかり熱が下がり元気になっていて、スノーを撫でて楽しそうに笑っていた。

朝食も簡単に作ったスープとパンをごちそうして、家族とは今別れたというわけだ。

「よし。じゃあスノー、行こうか。道沿いで薬草を採りながら行くよ」

『わかったの！　スノーも探して見つけたら教えるの！』

アディーは先に偵察に行ったから、スノーと二人で草原や林の中を通る道を薬草や野草などを採りながら歩いていく。

そろそろ昼食にしようかと思った頃、道沿いに村が見えた。あれがセルスさんの言っていた、昨日の朝出たという村だろう。

せっかくセルスさんたちから色々話を聞いたし、怪しまれないように振る舞えるか、試しに村に寄ってみよう。スノーに俺から離れないでね、と一言声を掛けてから一緒に歩き出した。

道をわざとゆっくりと歩いて観察しながら到着した村は、オウル村と同じく素朴な家々が並んでいた。街道が近いせいか、規模はオウル村よりも少し大きい。

村を囲うものが簡易な柵しかないのは、ここら辺ではほとんど魔物も魔獣も出ないからなのだろう。

　ちらちらとスノーに視線が集まるのを感じながら村の中を歩き、雑貨屋を見かけたので入ってみる。

「こんにちはー。商品を見せてもらってもいいですか？　あ、この子は俺の従魔です。大人しいのでここで待たせていただきたいのですが」

　俺が声をかけると、店主と思われるおじさんが振り向いて笑顔を見せた。

「おう、いいぞ。珍しいな、従魔を連れた子供なんて。イーリンの街に行くのか？」

「そうなんです。爺さんから薬草と薬を売って、その金で買い出しをするように頼まれました。ずっと森のそばで育ったから、街へ行くのも初めてなのですよ」

「なるほどなー。お、じゃあ森の薬草を持っているのか。ちょっと欲しい薬草があるんだが、持ってたら売ってもらえないか？　ペルナ草とシラン草なんだが」

　ペルナ草は揉（も）んで少しの水を混ぜて塗ると炎症（えんしょう）を抑える湿布（しっぷ）薬みたいになり、シラン草は熱さましに使える。どちらも生活に必要な薬草だが、この規模の村だと薬屋がなくて雑貨屋で扱っているのだろう。

「ありますよ。どれくらいいりますか？　薬もありますけど」

「おお、助かるよ。なら薬草は二十本ずつ、腫（は）れ止めと熱さましの薬を小瓶で三本ずつあったら欲しい」

やはり、薬は高くてそんなに買えない、という感じなのかな。シラン草は薬に比べれば安いし、そのまま煎じても熱さましの効果はあるから、多めに仕入れておこうということか。

「はい、わかりました。じゃあここに出しますので、検品している間にお店を見せてもらいますね」

斜め掛けのカバンから薬草を、そしてポーチから薬を三本ずつ出す。これくらいの量ならカバンにそのまま入るから、怪しまれることはないだろう。

「わかった。買いたい物があったら持ってきてくれ」

出した物を検品する店主に背を向け、店の中を見て回る。

オウル村にはなかったキャベツっぽい野菜や、大きい豆や芋っぽいもの、それにリンゴに似た果物もあったから、それも手に取る。それぞれの味はわからないが、味に合わせて料理すれば済む話だから、できるだけ食材は揃えておきたい。

「これをください」

「おう、そんなに持てるのか？」

「ちょうど食材が切れていて。この背負いカバン、中は毛布だけなんです」

マジックバッグだとは言えないから、適当にごまかしておく。

「なるほどな。検品は終わったぜ。ペルナ草もシラン草も凄くいい状態だ。特にシラン草。

含んでいる魔力が凄いな。これは森の奥で採ったのか？」

「ええ、そうです。家の裏の森に、いつも採りに行っていたので」

ペルナ草は昨日採取したものだが、シラン草は森に生える薬草なので、『死の森』で採ったものを出した。やっぱり、まずかったか？

「そうか……。しかし、質が良すぎてな。悪いが、うちでは一般品の相場でしか買い取れない。どうする？」

「いいです、それで。まだ他の薬草もあるし、それは俺が自分の小遣い稼ぎをしようと持ってきた分なので」

「そうか？　じゃあ相場で買い取らせてもらうよ。でも坊主にも悪いから、そこの野菜は持っていってくれ。代金はペルナ草が一束銅貨二枚、シラン草が銅貨三枚、薬は腫れ止めが一瓶銅貨二枚に熱さましが一瓶銅貨三枚で、計銀貨二枚と銅貨五枚だ。確認してくれ」

この大陸の硬貨はどの国でも共通だ。下から石貨、鉄貨、銅貨、銀貨、金貨、白金貨、神金貨で、全部十枚で上の硬貨一枚と同じ価値になる。

オウル村で売っていたパンが一個鉄貨二枚だから、日本円だと大体鉄貨が百円、銅貨が千円、銀貨が一万円という感じだと思うのだが。

ちなみに、師匠が荷物に入れてくれたお金は金貨と白金貨ばかりだった……。さすが、腐るほどあると言うだけのことはある。

けれど、その師匠のおかげで、未だに物価の相場がよくわからない。

今回の買い取りで二万五千円相当ってことは、やはり薬草と薬は高いのだろう。

「はい、確かに間違いありません。俺、近くの村にしか行ったことがなかったのですが、この買い取り金額って多くはないのですか？」

そう尋ねると、店主のおじさんは快活に笑った。

「あっはっは。坊主、お前、その調子で街に行くと足元を見られるぞ。薬草類はどうしても森へ入らないと見つかりにくいからな。森にしか生えない薬草も多い。討伐ギルドに採取を依頼しても、それくらいの金額だ。坊主が持ってきた薬草は状態がいいから、上手く売れば街なら銅貨一枚は上乗せになると思うぞ。ちゃんと店を見て、値段を見比べてから売るといい」

「ありがとうございます。そうしてみます。では、野菜はありがたくいただきますね」

野菜はどれも一個鉄貨一枚くらいだったから、遠慮なくカバンへ入れた。

「ああ、またこの村に寄ることがあったら薬草を売りに来てくれよ」

「はい。ではまた」

店主のおじさんに挨拶してから、入り口でお座りをして俺を待っていたスノーのもとへ戻る。

『スノーお待たせ。いい子に待っていてえらいぞ。じゃあ村を出よう』

『スノーいい子！　やったぁ』

スノーの頭を撫でてから、また村を歩き出す。

雑貨屋で無事に用事を終えて安心したからか、その後はそんなに視線は気にならなかった。

うん。このまま勉強しながら行けば、街に着く頃には戸惑わなくて済むかな。

「よし、スノー。村が見えなくなったら、また道から少しそれて薬草を採りながら行こう」

『わかったの！　スノー、頑張るの！』

第八話　街道と襲撃

最初の村へ寄ってからは順調だった。

森のそばで爺さんと暮らしていたという設定は問題ないみたいなので、あれで通すことにする。

嘘の苦手な俺でも、ほぼ本当のことだし、ボロが出る心配はないだろう。

道中は、村を見つけては立ち寄って店を覗き、野菜や果物、特産品があればそれを買い、薬草が欲しいと言われれば、旅の途中で採った物を売ったりした。

今のところは、何の騒ぎにもならずに済んでいる。

今日は、アディーが言っていた太い道——街道に合流するので人も多くなるだろうから、完成した従魔の首輪をスノーに、足輪をアディーにつけてもらうことにした。

セルスさんから、従魔は街で登録して、一目（ひとめ）で従魔だとわかるように目印を付けた方がいいと言われたので、とりあえず目印用に首輪と足輪を作ってみたのだ。

「スノー、今日は大きな道に出るから、会う人も増えると思うんだ。なので、これをつけてくれないか？　大きさの変化にも対応できるはずなんだけど。ちょっと試してもらえないかな」

『うん、いいよ！　それをつけたら大きくなってみるの！』

林の中に入り、スノーに首輪をつける。

この首輪は、セルスさんたちに会った次の日の野営の時からコツコツ作っていた。

装備の自動調整についてオースト師匠に話したら、マジックバッグと一緒に研究しようということになって試作したことがあった。その時に作ったのは俺の防具で、ある程度成長しても使えるようにしてある。今はあまり成長しないけれど、そのうち大きくなる予定なのだ！

……なるよな？　俺、日本では平均身長は超えていたから、同じくらいにはなるはず、だよな。

首輪に使ったのは、『死の森』の中でも強い魔物の革だ。伸び縮みするその革を折り返して縫い、片側の端に小さな魔力結晶をつけて、もう片側の端を輪にして首につけられるようにした。

作る時に革に魔力を込めているし、魔力結晶にはスノーの魔力を馴染ませておいたから、スノーが姿を変える際に首輪に魔力を通せば自動的にサイズ調整されるはずだ。

まあ、調整に失敗して首が絞まるなんてことにならないよう、負荷がかかれば外れる設計にしてあるから、大丈夫だろう。

「よし、スノー。少しずつ大きくなってみてくれ」

『うん！　じゃあやるよー！　んんんんーーーーっ』

スノーは魔力を凝縮させると、一気に拡散して身体を大きくする。

どんどん大きくなって俺の背を追い越し、やがて本来の大きさになった。

よし、ちゃんと首輪は嵌まったままだ。

『できた！　全然苦しくなかったよー！　アリト、凄いの！』

「そうか、よかった！　じゃあ今度は小さくなってくれるか？」

『うん、わかったの！』

今度はぐぐっと力むようにスノーが魔力を収縮させ、小さくなっていく。

そして、さっきと同じサイズになった。

「うん、ちゃんと首輪も小さくなっているな。成功だ。スノー、苦しくないか？　擦れたりしてないか？」

『大丈夫だよ！　苦しくないし、擦れたりもしていないの！　邪魔にもならないけど、アリトが撫でてくれる時はこれ外して首も撫でて欲しいなー』

「……わかったよ！　あー、もうスノーは可愛いなー。そーれもふもふもふもふ」

あまりに可愛いことを言われたから、息が止まりそうになっちゃったよ！

本当にうちの子、可愛すぎる！

ついスノーを転がして、もふもふがしがしと撫でまくってしまった。

「よし。次はアディーだな」

空を見上げて、念話を送る。

『アディー、ちょっと来てくれ』

『足輪か？　……まあ街で別行動をとると、お前は何をやらかすかわからんから、俺がそばにいる必要があるだろう。仕方ないな』

「……反論できる気がしない。じゃあ嵌めるぞ」

本来のアディーの大きさがまったくわからないから、足輪はかなり大きくなっても大丈夫なように作った。

スノーの首輪と同じ革を使い、伸び縮みする蜘蛛の魔物の糸をゴム代わりに縫いつけたものだ。

アディーは今ハトくらいの大きさで足も細いから、抜け落ちないようにするのが大変だった。

「よし。アディー、最初に会った時の大きさでいいから、大きくなってみてくれ」

『ふん』

アディーの身体が光を放つと、一瞬でカラスくらいの大きさになった。足輪を見ると、ちゃんと拡張して嵌まっている。

「よかった、ちゃんとついているな。どうだ？　窮屈だったりするか？　変な感じとかは？」

『異物を足につけているのだ。違和感がないわけがないだろう。まあ、窮屈ではないから我慢してやる』

「うん、ごめんな。アディーもスノーも俺の家族だものな。こんな枷をつけてごめんな」

本当は、俺だって首輪と足枷なんて嵌めたくはない。

でも、俺の都合でつけてもらうことになったのだ。だから、せめて窮屈じゃない物を用意して、頭を下げて頼むしかない。

『……ふん。では先に行っているぞ』

『わーい！　スノー、家族！　アリトの家族なの！』

スノーは飛び上がって喜んでくれたが、アディーはプイっと飛んで行ってしまった。

「もしかして照れた、のかな？」

『えへへへへ。スノーはアリトに家族って言ってもらえて、すっごく嬉しかったよ』

「……スノーは本当にいい子だよ。とっても可愛い俺の自慢の家族だ！」

本心ではあるものの、恥ずかしくてついスノーをもふり倒してから出発することになった。うん。照れくさいよね！

アディーは今でも、こうやって偵察をしてくれるし、色々と俺の面倒をみてくれる。

本当の姿は恐らく大型だろうなと予測はしているが、アディーに見せてもらえる日が来るまで、俺は待つことにしている。

「さて。じゃあスノー、今日は道を通るよ。人がいないところは速めに行くな」

『うん、わかったの！』

背負い袋をしょって弓を肩に掛けると、俺は足早に歩き出した。

しばらく進み、まだ昼には早い頃、アディーから人がいるという連絡もないまま街道へ出る。

街道は、それまで歩いていた田舎道とはさすがに違っていた。石で舗装はされていなかったが、馬車がすれ違えるだけの幅があり、踏み固められていて歩きやすい。

これなら次の村にも、陽があるうちにたどり着けるだろう。

『うーん。なーんにも、いないねー』

「そうだな、スノー。歩いている人もいないしな。これなら脇にそれて薬草でも採ろうか……」

ただ道をずっと歩いているだけ、というのも飽きる。周りは相変わらず草原と林、そして遠くに森が見えるだけ。のどかなものだ。

『おい、そんなに気を緩めるな。暇なら風の使い方を練習しろ。開けた場所は風をつかみやすいから訓練に最適だろう』

『あー、そうだな。アディー、ここから先、歩いている人はいないのか？』

『ああ。そのペースだと、昼にはこの先の村には着くだろうがな。もっと先には荷馬車がいるぞ。あとはずっと向こうから来る人の集団もいるな』

『ありがとう。じゃあ夕方前にはその荷馬車に追いついちゃうかな？　近づいてきたら教えてくれ』

『わかった。風を感じる訓練をするのだぞ』

「ふう……。風、か。……よし。スノー、ちょっと風を使って走るぞ！　さっさと村を抜けて、荷馬車のところまでは走っていこう！」

『わーい！　じゃあスノーも走るねー！』

魔力を練って後ろから吹いてきた風を感じ、魔法を発動させて一気に駆け出す。足に風を纏わせるイメージだ。

草原を吹き抜ける風を操作して軽快に走り、村が見えてきても、そのまま大回りで迂回して通り過ぎた。

考えてみれば、ずっと森の中で暮らしていたので、思いっきり走るなんてこの世界に来てから初めてだ。

『楽しいねー！　アリト、走るの気持ちいいね！』

「アハハハ、そうだな、スノー。気持ちいいな！」

そのまま街道を走り続けて、さすがにそろそろ疲れが出てきた頃、アディーから念話が届いた。

『アリト、そのペースで走れば、荷馬車はすぐなんだが。魔物に襲われているみたいだな』

「えええっっ！　襲われているっ⁉　スノー、急ぐよっ！」

『うん、わかったの！』

これまで一度も魔物も魔獣も見かけなかったのに……襲われているだって⁉

アディーに言われて速度を上げて走ると、すぐに荷馬車が見えてきた。

近づくにつれて争う喧噪が耳に届き、状況が目に入る。

「あれは……ゴブリン、なのか？」

現場は、ちょうど街道が森のすぐ傍を通っているところだった。

恐らく森から出て来たのだろう、緑色の肌をした子供くらいの背丈で、ボロボロの腰布を巻いている醜悪な人型の魔物がいる。

見る限りでは全部で五体。手には粗末な棍棒や錆びた剣、槍などを持って荷馬車を襲っていた。

興奮して今にも暴れ出しそうな馬を背に、男性が一人しゃがみ込んでおり、その人の前には剣を構えたゴブリンが。

さらにもう一体の棍棒を持つゴブリンが、男性の脇から馬を襲おうとしている。

そして――

「きゃあああっ！　いやぁっ！　こ、来ないでっ⁉」

今まさに槍を持ったゴブリンが馬車の荷台に乗り、隅で震えている少女に手を伸ばそうとしていた。

『スノー！　馬と男の人を襲っているゴブリンを！　アディーは荷馬車のゴブリンの気を逸らしてくれ！』

指示を出すとすぐにスノーが加速して駆けていき、馬と男の人を襲うゴブリンを相手に風を操る。

そして少女に襲いかかろうとするゴブリンへ、アディーが空から急降下してくるのを視界の端に捉えながら、俺は弓を構えてすぐに矢を放った。

風を纏わせた矢は速度を増し、アディーに気を取られて顔を上げたゴブリンの後頭部に突き立った。

グシャっと刺さった矢の勢いのまま、ゴブリンは荷台に勢いよく倒れ、さらに地面へと転がり落ちる。

一瞬、人型の魔物を殺害した嫌悪感が喉からこみ上げてきたが、頭を振って次の矢を矢筒から出し、即座に風を纏わせて射た。

その突風を纏った矢は森から出て来たばかりのゴブリンの胸に刺さり、そのまま身体を吹き飛ばす。ゴブリンは引っくり返って、ドサッという音とともに倒れた。

そして次の矢を取り出す前には、スノーによって残りのゴブリンは全て倒されていた。

「うわっ、な、なんだこの狼はっ！」

次々にゴブリンを倒したスノーを見て、呆然としていた男が我に返って声を上げた。

「その子は俺の従魔です。大丈夫ですか？　魔物は倒しましたから安心してください」

興奮して取り乱している男に、両手を上げて近づきながら声を掛け、スノーには念話を送る。

『スノー、ゆっくり俺のところにおいで』

俺の言った通りに歩いてきたスノーを、しゃがんで撫でた。

「この通り、首輪もしています。とりあえず今は魔物が死んでいるか確認して、他の魔物が寄ってこないように死体を始末しますね。怪我をしているようでしたら、それから診ます。では」

尻尾を振って俺に撫でられるスノーを見て、男は少し落ち着いたようだ。

俺はゆっくり立ち上がり、近くのゴブリンから死んでいるかどうかを確認する。

『アディーもありがとう。周囲にまだ魔物がいないか、警戒していてくれないか』

『わかった。あとお前が射た森に近いゴブリンは、まだ息があるようだぞ。動き出す前にとどめを刺せ』

『……ありがとう、アディー』

俺が最初に射たゴブリンは、頭部が矢の威力で潰れて青黒い血を流して死んでいた。

血まみれのゴブリンから目を逸らしそうになるのを堪え、その身体を引きずりながら、アディーに忠告を受けたゴブリンの方へ近づいていく。

少し離れたところで立ち止まって見ると、確かにかすかだがゴブリンの胸が動いているのがわかった。

一瞬、どうやってとどめを刺したらいいのか迷ったが、風の魔法で首筋を切り裂く。

「グギャア……」

「うわぁっ、生きていたのか！」

ゴブリンの放った断末魔の叫びに、せっかく落ち着いてきていた男の人が驚いて飛び上がった。

「大丈夫です、とどめを刺しました。死体の処理をしてしまいますので、待っていてください」

「あ、ああ……。す、すまない」

再び呆然として座り込んだ男の人に断り、倒れたゴブリンの死体を集めていく。地面の血だまりにも浄化を掛けて、キレイにした。

『スノー、悪いけど風を纏わせて森の方に運んでくれるか？　一体は俺が持つから』

『うん、いいよー。向こうでいいんだよね』

比較的傷の少ない死体を持ち、残りはスノーに頼んでしまった。

顔も姿も醜悪なのに、人に似た体形と道具を使う知恵があるのを見てしまったから、人殺しを意識してしまったのかもしれない。人殺しと考えただけで、震えに襲われる。

こんな俺では、冒険者になって魔物や盗賊と戦うのは向いていないだろう。やはり、生産職の方が性(しょう)に合っていそうだ。

ゴブリンの死体から意識を逸らしながら歩き、やっと森の端に着く。

死体を置くと、しゃがんで地面に手をついた。そのまま魔力を練って魔法を使う。イメージはもちろん穴掘りだ。

ゆっくりと地面がえぐれていき、浅いが半径二メートルくらいの穴ができた。

いったん魔法を止め、今度は深い穴にするためにもう一度魔法を使った。

一気に大きな穴を掘ればいいのだが、イメージすることはできても魔力と魔力操作が追いつかないのだ。

「スノー、できたから、ここにゴブリンの死体を入れてくれ」

『はーい！』

全ての死体を穴に入れたら、カバンから薪を取り出して穴の中の全面に撒く。

そして薪の一本を手に持ち、魔力を誘導して火をつけた。

それを穴に放ると、今度はその火を魔力で操って高熱にし、穴の全面に行き渡るように調整した。

火を穴いっぱいに広げたところで、それ以上燃え上がるのを防ぐために魔力操作を止める。

あとは空気中の魔力だけで十分燃えるだろう。

「スノー、あとで水を出して火を消すのを手伝ってくれるか？」

『うん、いいよー。お水ねー、お水ー』

ゴブリンの死体の脂分のせいか、火が回るのは速く、あっという間に原形が崩れた。

「よし、火を消すぞ」

スノーの魔法の発動は、獣の本能だからかとても速い。

だからスノーが出した水を呼び水に、俺も魔力操作をして水を出す。

二人分の魔法ですぐに火の勢いは弱まり、延焼することなく無事に消えた。

あとは土魔法で埋めれば、死体処理は終わりだ。

魔物の死体は放置すると他の魔物や獣を呼ぶから、人の生活圏内では処理をするのが決まりだそうだ。これはセルスさんではなく、オースト師匠に教わったことだけど。

「よし、スノーありがとう。さっきの場所まで戻ろうか」

ふう、とため息とともに心の重さを吐き出してから、食べられる野草がすぐ近くにあったので、気晴らしにそれを採りながら戻ることにした。

元の場所に戻ると、先程の男の人が、荷台で震えている少女をなだめていた。

馬もまだ興奮しているようだが、暴れているわけではないので大丈夫だろう。

「戻りました。怪我を見せてください。俺は薬師の爺さんに育てられたので、治療できます」

「あ、ありがとう。さっきは危ないところを助けてもらったのに、お礼も言わずに申し訳なかった。私は商人のタドリーだ。君が助けてくれなかったら、今頃私たちはどうなっていたことか……。この子は娘のマリーという。ほら、マリーもお礼を言いなさい」

「あ、ありがとうございました」

マリーさんは青い顔で震えていたが、二人は揃って頭を下げてくれた。

こうやって面と向かってお礼を言われるのは気恥ずかしい。

俺は自分が勇敢ではないことを知っている。スノーやアディーが一緒じゃなかったら、同じことをしたかどうかわからないのだ。

「い、いいえ。たまたま通りかかって良かったです。俺には頼もしい従魔がいますので」

「あ、ああ、君の従魔にさっきは悪いことをしたね」

「いえ、あんな状況ですから無理もありません。では、怪我を診せてください。足ですか？」

恐らく剣で切りつけられたのだろう。太ももに大きな傷があり、血がかなり出ている。

あとは土で汚れているから見えないが、細かい傷もありそうだ。

「すまないな。治療まで面倒をかけてしまって……。私は足と腕を剣で切られたんだ。他は擦り傷くらいだよ」

「わ、私はどこも大丈夫です。あの時、助けてもらわなかったら……」

マリーさんはあの時を思い出したのか、身震いをする。

十五歳そこそこの少女に見えるから、魔物に襲われるというだけでも怖いだろうに、ゴブリンに連れ去られたら、その後どうなるか……。

　こうして無事なマリーさんの姿を見ると、先程まで抱いていたゴブリンを倒したことへの嫌悪感が少し和らいだ気がした。

「魔法をかけてから、様子を見て薬を出します。ちょっと失礼しますね」

　傷口を診るためにタドリーさんに荷台に座ってもらい、切り裂かれた服を広げる。

　確認すると、どこもそんなに深くは切れてはおらず、骨も傷ついてなさそうだ。

　だが、ゴブリンの剣が錆びついていたからか、切り口の状態が酷い。これは殺菌消毒しなければ、確実に膿んで熱を持つだろう。破傷風とかも怖い。

「傷口の汚れをとって、回復力を増加する浄化を掛けます」

　まずは腕よりも酷かった足の傷に手をかざし、光属性の回復魔法を思い描きながら発動する。殺菌消毒と、ついでに全身の汚れも全部落とすイメージだ。

「浄化」

　白い光が手から零れ、タドリーさんの身体を覆う。

　光が消えた時には血はほぼ止まり、キレイなギザギザな傷口だけが残っていた。

「良かった。あまり傷が深くなかったから、血はほとんど止まりましたね。消毒効果のある薬草を使おうと思うのですが、何か布はありますか？」

　布はオウル村でも貴重品だったため、あまり手に入らなかった。

「あ、あの、これで大丈夫ですか？」

マリーさんが差し出してくれたハンカチを受け取ると、大きさを確かめて簡単に浄化をかける。

「大丈夫そうです。では使いますね」

カバンから消毒効果と化膿止め作用のあるギラン草の葉を取り出して少し揉み、出た汁を傷口に塗ってから、薬草を当ててハンカチで縛った。

腕の方はかすり傷だったからか、さっきの魔法でほぼ治っていたので、一応ギラン草の汁だけを塗っておく。

「これで清潔にしていれば、二、三日で治ると思います」

「ありがとう。こんな適切な治療までしてくれて……。本当に助かったよ。まだ若いのに、お爺さんはしっかりと手ほどきをされたのだね」

「ええ。爺さんには頭が上がりませんよ。馬の方はどうですか？」

「興奮して気が立っていただけで、傷つけられる前に君が来てくれたから大丈夫だよ。馬がダメになっていたら、これから先商売に出られず、路頭に迷うところだった。私たちはイーリンの街へ帰る途中なんだ。お礼にもならないが、良かったら一緒に乗っていかないか？」

もしかして、戦力を当てにされたかな？　積極的に戦うつもりはないのだけれど……。

まあ、アディーの偵察で前方の状況は把握できているし、これからまた襲われることはほぼないだろうけどな。

　街の情報収集もできるから、ここは受けることにしようか。

「そうですね……。では街までご一緒させていただきます。従魔のスノー……この子がいますので、魔物の警戒はまかせてもらっても大丈夫です。俺は自衛ができるくらいですが、スノーは頼りになりますから」

『スノー、頼りになる？　頑張るの！』

　俺のそばで尻尾を振るスノーに、念話で声を掛ける。

『ごめんな。俺は荷馬車に乗るけど、スノーは周りを警戒しながら走ってくれるか？』

『わかったの！』

「すまない、助かるよ……。では、とりあえずここを離れよう。森の近くを抜けたら休憩させてくれ。それから出発しても、夜には次の村に着くからね。村で宿を取って泊まる、ということで頼む」

「わかりました。では行きましょう」

　その後、俺は荷台に座り、御者台のタドリーさんと話しながら進み、見晴らしのいい草原に出たところで昼食にした。

　そして無事に夕暮れ前には次の村に着いて、初めて宿屋に泊まったのだった。

　ちなみに、スノーは大人しいし、俺が浄化を掛けることができるから一般客室に入れても問題ないはずだとタドリーさんが宿に掛け合ってくれて、宿代を少し上乗せすることで同じ部屋に泊まることができた。

次の日は朝から荷馬車で出発して、夕方には無事にイーリンの街へと到着したのだった。

第九話　イーリンの街

「あれが……イーリンの街、ですか」

夕暮れが近くなってきた頃、街道の先に広大な壁が現れた。まだ距離はあるというのに、視界の大半を占めている。

昼に通り過ぎた村も、それまでとは比べものにならないほど規模が大きく、村というより町と呼ぶほうが相応しいと感じた。

でも、今見えているイーリンの街は、さらにその何倍もの規模だろう。

「アリトくんは初めてだったよね。イーリンの街は、このナブリア国の中でも王都の次に大きい街なんだよ」

「なるほど、それは凄いですね。あの街壁だって、あまりの大きさに驚いてしまいました」

「そうだろう。街に入ればもっと驚くと思うよ」

タドリーさんの荷馬車は馬一頭だけで引いていて、馬車といっても歩くのとあまり変わらない速度で街道を進んでいる。

荷馬車は簡素な造り（つく）で、サスペンションなどあるはずもなく、昨日から座り続けている俺のお尻は悲鳴を上げていた。移動はもうスノー以外に乗らない！　と決意したくらいだ。スノーのふかふかな毛並みが恋しくて仕方がない。

今、街道を行く他の荷馬車も、皆同じような造りだ。荷台の大きさや幌（ほろ）の有無、馬が一頭か二頭かという違いはあったが。

街に近づいていくと、門に長い列ができているのが見えた。

門にいる兵士の姿を見ても、オースト師匠が身分証明書を用意してくれたので、安心していられる。本当に師匠には感謝しかない。

「今まですれ違う人はあまりいなかったように思うのですが、門はいつもあんなに混んでいるんですか？」

「ああ。この街には領主がいるからね。それに、南には『死の森』と『竜の山脈』があってイーリンが国の南端の街になるから、国軍も駐在（ちゅうざい）しているんだ。だから出入りする人数が多いんだよ。こちら側の街道には村しかないから、通行量は少ないのだけどね。門が二つしかないのも混雑（こんざつ）の原因だな。門では住民でも身分証明書を確認されるし、荷馬車も一通りの検査があるからね」

領主がいるとは聞いていたけど、国軍までいるのか。

ではこの街は、辺境伯の本拠地ってヤツなのかな？　だからあんなに街壁が高いのか。

「ああ、それで時間がかかるのですね……。夜までには入れますかね？」

「多分大丈夫だろうと思うよ。とりあえず並ぼうか」

列に並んでタドリーさんたちに街の話を聞いていると、空が薄暗くなる頃に、やっと門へと到着した。

外壁は近くで見ると、高さが五メートルはあるように思う。厚さもかなりあって、やはり最終防衛ラインとして造られたのだろう。

門の通行審査は、人と荷馬車とで別々だった。

「身分証明書を見せてくれ。あと、この街へ来た目的はなんだ？」

「これが身分証明書になります。ここには薬草と薬を売って、資材の買い出しするために初めて来ました。この子たちは俺の従魔です。首輪をつけていますし、大人しいです」

アディーにはあらかじめ戻ってきてもらっていた。門番にお座りして尻尾を揺らしているスノーの首輪と、その頭の上にとまっているアディーの足輪を示す。

そんな様子のスノーたちに、門番の二人も慌てることはなかった。これだけ大きい街だ。従魔連れもそれなりにいるのだろう。

「ほう、薬師見習いか？　発行がエリダナになっているな？　それに、この若さで従魔が二体か。珍しいな」

「俺を拾ってくれた薬師の爺さんが、エリダナ出身なのです。でも爺さんが街を出て『死の森』の近くの森のそばに隠居したので、俺はエリダナのことは覚えていません。この従魔たちは爺さんの従魔の子で、小さい頃から一緒だったから慣れているんですよ」

「ああ、そういう事情なら納得だ。『死の森』近くの薬草なら貴重だから、商人ギルドへ行くといい。そこで従魔の登録もするように。街を出る時には、従魔登録とギルドカードを確認させてもらうからな」

門を通る時には、従魔登録の記載があるギルドカードが必要になるってことだよな。つまり、ギルドへの所属が信用になるってことか。

セルスさんに従魔登録とギルドカードのことを教わっておいてよかったな。

「わかりました。この後すぐ行きます。それで従魔も一緒に街へ入れますか？」

「まあこの大きさだし、大人しいからな。いいだろう。ただし、街の中で従魔が問題を起こした場合はお前の罪になるからな。子供だからといって例外はない。その覚悟はあるか？」

「はい、大丈夫です。ちゃんと従魔には責任を持ちます」

「よし。入っていいぞ。商人ギルドに行ったら、従魔と泊まれる宿を紹介してもらうといい。それから、街へ入るのに税金として銅貨一枚が必要だ。ここの住民じゃなければ、出入りの度にかかるから注意するといい」

「はい、ありがとうございました」

お金を渡して頭を下げてから門を通り抜け、無事に街に入ることができた。

門をくぐってすぐのところで、別に審査を受けたタドリーさんたちが荷馬車を止めて待っていてくれた。

「アリトくん。これからどうするんだい？」

「俺はこのまま商人ギルドへ行きます。ギルドカードを作って従魔登録をしないと、何かあった時に怖いですから。それから宿を紹介してもらいます」

「ああ、それがいいね。私たちも今から商人ギルドへ行くんだ。街道の状況はギルドへ報告する義務があるのでね。今回のゴブリンの襲撃も報告しなければならないから、できればアリトくんも一緒に来て、証言してくれないだろうか」

「いいですよ。では一緒に行きましょう」

街道の状況は商人ギルドの管轄ということか。まあ、商人にとって道は商売道具だ。随時把握していないと、商売に差しさわりが出るということだろう。

従魔登録をするまでは街中でスノーを歩かせるのも不安だったので、タドリーさんに断ってスノーを抱いて荷台に座り、大通りを進む。

「うわぁ。大きい建物ですね」

「フフフ。そうだろう。初めて来た人は、皆ここで凄く驚くんだよ。まあ、これだけ大きい建物が並ぶのは、表通りだけだけどね。住居は普通に二階建てが多いよ」

大通りには五、六階建ての石造りの建物が並び、一階は店舗になっていた。店舗には大きなガラスが嵌まっている店もある。

道も石畳で舗装されていて、荷馬車がすれ違える上に人が歩ける幅まであった。

そんな大通りは、東京の街を思い出すくらい多くの人で溢れている。

「今はちょうど夕方だからね。食事や買い物に出た人や、外から戻ってきた人で混んでいるんだよ」

どうやらぽかーんと口を開けて、きょろきょろしていたのを見られていたみたいだ。完全におのぼりさん状態だな。

……俺は森から初めて出てきた少年だから、これでいいんだ！

しかし、この世界の技術レベルがよくわからなくなってきたな。買い物がてら、街中を色々見て回ろう。

「はい、凄い光景で驚いてしまいました。こんなに大勢の人を見たのも初めてです。どのくらいこの街には住んでいるんですか？」

「さあねぇ。商人や旅をして来ている人もいるからね。ああでも、駐在している軍は、千人はいるって話だよ。他に領軍もいるし……住民を入れたらどれくらいになるだろうな？」

だとすると、この規模の街なら恐らく最低二、三万人は住んでいるんだろう。

オウル村しか知らなかったから、この世界でここまで立派な街があるとは思ってもいなかったな。

「商人ギルドは、この大通り沿いにあるんだよ。ああ、見えてきた」

タドリーさんが指差した方を見ると、他と比べて幅が二倍はありそうな大きな建物が見えた。

「裏に荷馬車を置ける場所があるから」

商人ギルドの建物の脇の道に入ると、裏手側に大きな倉庫らしき建物と、十台は荷馬車が止められそうな広い場所があった。

入り口の警備の人にタドリーさんが声をかけて、中に入る。

「商人ギルドは商品の仲介や商人の管理もしているけど、買い取りも売り出しもしている。ギルドの値段が相場になっているから、伝手がなければここで売却すれば損はしないはずだ。アリト君も薬草と薬を売るなら、ギルドで売るのが面倒がなくていいと思うよ」

タドリーさんは、大きな倉庫と出入りする荷馬車を示しながら説明してくれた。

なるほど、だからこんなに広いスペースを確保しているのか。商人ギルドは、かなり手広くやっているのだろう。

「ありがとうございます。そこらへんも、受付の人に聞いてみます」

「ああ。ギルドが相手でも交渉するのが商人だよ」

そう言うとマリーさんを荷馬車の番に残し、タドリーさんと俺たちは裏口からギルドの中に入っていく。

通路の先に、大きなホールと窓口と思われるカウンター、それから受付の人の姿が見えた。ホールは人で溢れていて、あちこちで集団を作って話し合っている。

「ああやって情報を仕入れているんだよ。駆け引きもあるが、嘘を言ったら信用を失うから、それなりに正確な情報だ。情報は商人にとって、商売の種だからね。では受付に行こう」

タドリーさんは、そう言って足が止まっていた俺たちを促した。

ギルドで各地から来た商人に現地の様子を聞いて、必要な物を持って商売に行くわけか。

移動中に魔物に襲われることもあるから、そういう情報も確認するのだろう。大変だな……。

「すみません、東の街道を通って戻ってきたのですが、ゴブリンに襲撃されました。その報告をしたいのですが」

タドリーさんは窓口へと行くと、ギルドカードを取り出してカウンターに置いた。

「それは大変でしたね。ご無事で良かったです。では、どこでどのように襲撃されたのか教えてください」

受付の女性はタドリーさんのギルドカードを確認すると、カウンターにこの街周辺の地図を広げた。

オースト師匠が渡してくれた地図と比べたら大きさも精度も劣っていたが、ちゃんと近辺の状況と道、村などが描かれている。

「東のウーダンの村からさらに東に行った場所の、森のすぐ近くを通る……ここです。ゴブリンが五匹、急に森から襲ってきました。その時、ちょうど通りかかった彼……アリトくんに助けてもらったのです」

「この辺りですね？　助けられた……というと、君が倒したのですか？」

「はい、俺はまだ成人前ですが、従魔がいますから。従魔が襲撃に気づいたので、助けに行けたんです」

さすがに子供に見える俺の言葉をすぐに信じるのは無理だろうと、足元のスノーとアディーを示す。

二人とも、これだけ人が大勢いる場所でも、大人しく俺について来てくれていた。

『どうしたの？　アリト。なんだか街って人がいっぱいで、色んな臭いでいっぱいで、くらくらするの』

『ふん、なんでこうも人が多いと煩いのか。煩わしい』

まあ、こんな感じだったけれどな。

「アリトくんは森のそばでお爺さんと二人で暮らしていて、街に来たのは初めてなんです。この後、商人ギルドへの登録と従魔登録をするつもりらしいですよ」

「この商人ギルドでのご登録でよろしいのですね？」

受付の女性は俺に向き直って確認する。

「はい。爺さんは薬師なので、森で採れた薬草と薬を売る予定です」

「ちなみに『死の森』に近い森だそうですよ」

「それは……。『死の森』近くには討伐ギルドの方もほとんど行かないので、高値で買い取りを行っています。売っていただけるのはありがたいです」

そう言って、受付の女性はにっこりと笑って応じた。

「それから、この子たちと泊まれる宿の紹介をお願いします」

「とても大人しくていい子たちですので、アリトくんと一緒の部屋でも大丈夫ですよ。アリトくんは浄化も使えますから」

「わかりました。では、この登録用紙にご記入ください。宿の紹介状もご用意いたします」

その後はゴブリンの死体を処理してきたことや、他にゴブリンの気配はなかったことを伝えた。

受付の女性に見本として薬草と薬を渡し、商人ギルドの登録と従魔登録も無事に済ますことができた。

タドリーさんたちともお互いにお礼を言ってギルドの前で別れ、俺たちは宿へと向かってもう暗くなった道を歩き出した。

商人ギルドに紹介してもらった宿は、ギルドの横の道を入っていったところにあった。

一階が食堂になっている木造の三階建てで、脇には荷馬車を停められる場所もあり、それなりに大きい宿なのだとわかる。

「すみません、商人ギルドでこちらの紹介状を貰ってきました。従魔がこの子と、あと鳥が一羽いるのですが、一緒に部屋に泊まれますか？　今も浄化を掛けてキレイにしました」

中に入ると受付があって、そこに女将であろう、恰幅(かっぷく)のいい中年の女性がいた。

商人ギルドで貰った紹介状を手渡すと、女将さんは、俺の隣に座って大人しく彼女を見上げているスノーをじっと見つめる。

ちなみにアディーは『窓から入るからいい』と言って、ギルドから出たところで飛んで行ってしまった。

「うーん、まあ確かに毛並みもキレイだし、大人しいからいいだろう。じゃあ何泊するんだい？　うちは従魔分入れて一泊銅貨五枚だよ。食事をつけるなら別料金だ」

「ではとりあえず五泊、お願いできますか？」

「五泊で銀貨二枚と銅貨五枚だね」

「はい、じゃあこれで。それから、今日は俺だけ夕飯を食べたいのですが」

「泊まりだと一食鉄貨八枚で、今晩は角ウサギのシチューとパンだね。もう食べられるよ」

「わかりました。荷物を部屋に置いたら食堂に向かいます。料金を先に払っておきますね」

「はいよ。部屋は二階の一番奥だよ。鍵はこれだね。宿から出て行く時は、鍵は預けておくれ」

「はい。じゃあ行くよ、スノー」

　夕食代を払って鍵を受け取り、受付カウンター横にある階段を上がった。

　鍵を開けて部屋に入ると、六畳くらいの部屋にベッドと小さなテーブルがあった。思ったよりも狭くなかったから、多分これは従魔がいる人用の部屋なのだろう。

『えへへへへ。宿でもアリトと一緒で嬉しいの！　一緒に寝てもいい？』

「うーん、ごめんなスノー。このベッドは小さいから、スノーにはスノー用のクッションを出すよ。ただ、ご飯を食べてきたら念入りにブラッシングしような」

『やったー！　ブラシでごしごしするの気持ちいいの！』

スノーは尻尾をブンブン振って喜んだ。

「じゃあ、クッションとご飯を出しておくから、ちょっとだけここで待っていてくれな」

『わかったの！　アリト、すぐ戻ってきてね？』

あまりの可愛さに、思わずもふもふの誘惑に負けて時間を取ってしまったが、スノー用のクッションと、アディーの分も一緒にご飯の肉を出してから一人で食堂へと向かった。

「いらっしゃい」

食堂で出迎えてくれたのは、受付で会った女将さんにどこか似ている、若い女性だった。多分娘さんだろう。

「泊まっているんですが、夕飯を頼んだのでお願いします」

「はい、では空いている席にどうぞー」

食堂の中には十くらいのテーブル席があり、もうほとんどが埋まっていた。

目立たないようにカウンターの端に座って周りを窺うと、商人らしき人や、恐らく討伐ギルドの人だろう、鎧を着て剣をテーブルに立て掛けている集団がいた。お酒も出しているらしく、賑やかな喧噪に満ちている。

「はい、お待ちどう」

「ありがとうございます」

湯気の立つシチューの皿と硬パンを前に、手を合わせてスプーンを手にした。

角ウサギの肉をスプーンですくって食べてみる。肉の味は『死の森』の魔物と比べるべくもないが、素朴ながら野菜の味と塩味が上手くしみこんでいて美味しかった。

基本的に動物の肉よりも魔物や魔獣の肉の方が美味しく、含まれる魔力が高いほど味がいい。

やっぱり胡椒とかの香辛料は使ってないんだな。これはこれで美味しいけれど……。

今日、宿で夕食をとったのには理由がある。オースト師匠が「調味料も出せば騒ぎになる」と言っていたので、街で出される食事の味を知りたかったのだ。

明日は屋台とか店を回って、色々食べてみよう。

味を確認しつつ食事をしながら、後ろの喧噪の中から会話を拾って情報収集もする。中には、興味深い話題もあった。

「ごちそうさまでした」

食べ終わるとさっさと席を立つ。

このまま会話を聞いていたいが、遅い時間に子供の俺が一人でいては不自然だろう。

実際、たまに「なんで子供が？」という声や、訝(いぶか)しげな視線を背中に感じていた。

さっさとスノーの待つ部屋へ戻ろうと食堂の出口に向かうと、テーブル席からひょいと足が出てきた。

その足をさりげなく避けて通り過ぎようとしたところで、罵声(ばせい)が響く。

「おいおい、なんでこんなところにガキが一人でいんだよっ。ああっ。田舎から討伐ギルドに憧れて出てきたのか？　んな甘いもんじゃねぇぞっ！　さっさと怪我しないうちにお家に帰んなっ」

あー、やっぱり子供の姿だと絡まれるよな。

でも、なんで俺が討伐ギルド志望だと思ったんだ？　……もしかして革の防具のせいか？

「ああ、いや。討伐ギルドなんてとんでもないです。田舎者ですが、商人ギルドの見習い登録員でして。この街には買い出しに来ただけなので、終わったらすぐに帰りますよ」

「はあぁ？」

「では。子供なのでもう部屋に戻ります」

ぽかーんとしたいかにも冒険者っぽい男たちへ一礼すると、さっさと出口へと向かう。

「アッハッハ。度胸があるな、坊主。討伐ギルド員じゃないのが残念だ。まあ、絡まれたくなかったら、もう少し早い時間に飯を食うんだな」

入り口までもう少し、というところでまた別の席から声を掛けられた。

声を掛けてきた男は同じく冒険者のようだったが、面白がっているだけで嫌な感じはまったくしない。大柄で凄い筋肉だし、顔も強面だけど不思議と愛嬌があった。

「はい。ご忠告ありがとうございます」

思わずニコリと笑って一礼して歩きだすと、少しだけ耳の長い金髪の女性が、その男に話しかけるのが視界の隅に見えた。

おお、エルフだ。オースト師匠と違って一目でわかるな。スゲー。

耳はイメージしていたより短かったが、金髪に切れ長の瞳、細身の身体、そして美人！

いかにもファンタジーの定番のエルフ、といった女性だ。

こうやって様々なことを経験するごとに、わくわくした気持ちが沸き起こって、旅が少しずつ楽しくもなる。

そんな浮き立つ気持ちのまま部屋に戻り、俺を待ちわびていたスノーのブラッシングをし、そしてやっとオースト師匠の持たせてくれた紹介状と手紙を取り出した。

「イーリンの街に無事に着いたことだし。まあ、この街には師匠が紹介状を書いた人はいないと思うけど、確認はしておかないとだよな」

紐で結ばれていた束をほどくと、七通の紹介状と師匠から俺に宛てた手紙があった。

その中の俺宛ての手紙を開けてみる。

手紙には国ごとの特徴や、紹介状の宛て名の人の住んでいる場所が書かれていた。

ナブリア国にいるのは、王都より北にある森に住む人だけだ。その人の説明は『変わり者だが、まあ悪いヤツじゃないから困ったら寄ればいい』とのこと。

うーん。師匠に変わり者と言われる人って……。この七人はあの師匠が紹介状を書くような人たちだ。会うのは怖い気がするな……。

どんな人なのか興味はあるが、全員に会うことを目標にしなくてもいいだろう。近くに寄ったら考える、くらいで。

そのうちの二人がいるエリダナとツウェンドには行ってみたいから、そこは訪ねようと思った。

俺の旅は『落ち人』のことを知りたいという、目的地など何も決まっていないものだ。行き当たりばったりでも別にかまわない。

ただ、こうやって師匠が俺のことを想って送り出してくれたのだから、この世界を楽しんで旅していきたい。

とりあえず明日は、薬草や薬を扱っている店を見て回って、売るものを決めてから商人ギルドへ行こう。あとは屋台で色々食べて、必要なものの買い出しもしないとな。

予定を決めると、ずっと隣で寝そべっていたスノーをもふもふし、ベッドに布団を敷いて横になったのだった。

イーリンの街で迎える初めての朝も、いつもの習慣で朝日が昇る頃に起きた。

それでも窓の外からは、もう馬車を引く馬の蹄（ひづめ）の音が聞こえてくる。

ささっと顔を洗い、昨夜のことを思い出して普通の布の服の上下に着替える。革の防具を着けて歩くと討伐ギルド員に絡まれる、といういい教訓になった。

今日は服を買わないとな。普通の布の服は二着しか持っていないし。

『おはようアリト！』

「おはよう、スノー」

『アディー、おはよう。夜はここで寝てもいいんだぞ？　朝食はどうする？』

部屋の中にアディーの姿がないので念話を送ってみると、すぐに返事がきた。

『……別に俺はどこでも寝られる。朝食は出して窓を開けておけ。すぐ行く』

「アディーもすぐに来るってさ。ちょっと待っててな」

木戸を開き、カバンからスノーとアディーのご飯用の肉を出す。肉はあらかじめ二人の好みに焼いておいたものを、魔法で温めなおして出した。

二人が食べている間に荷物を整理して、薬草と薬の在庫も確認しておく。

『で、今日はどうするのだ？』

「商人ギルドへ薬草と薬を売らないといけないから、騒動にならないようにこの街の店でどんなものが売られているのか見にいくよ。店を回った後に商人ギルドかな」

『フン、面倒だな。俺は空で勝手にしているからな。何かあったら言え』

「ああ、ありがとう、アディー。頼りにしているよ」

そのまま、プイッとアディーは木戸から飛んで行ってしまった。

あんなこと言っていても、空から警戒してくれるのだろう。もうアディーのツンデレには慣れたものだ。

「じゃあ行こうか、スノー。街の中では俺から離れないようにな。何かあったらすぐに言うんだよ？」

『うん、わかったの！　スノーはいつもアリトと一緒にいるから大丈夫なの！』

う、うちの子が可愛いすぎてつらい……。

うっかり、街にも着いたし今日はのんびりもふもふしててもいいか……と思ってしまったが、ぐっと堪えて支度をし、部屋から出た。

「すみません、出てきます」

「早いね。この時間だと広場の屋台くらいしか営業してないよ？」

「では広場に行ってみます。あと薬草や薬を売っている店ってわかりますか？」

「薬草と薬、ねぇ。それなら南地区の商店街へ行ってみな。あそこは住民用の商店ばかりだから、確か何件かあったと思うよ」

「ありがとうございます、行ってみますね。では鍵です。行ってきます」

こんな早い時間でも受付にいた女将さんに鍵を渡してから、宿を出た。

まだ店は開いておらず、馬車だけが行きかう大通りを歩いて広場を目指す。

広場は大通り沿いにあり、公園のようにベンチなどもあって住民の憩い場となっているようだ。

その広場の外周に沿って、様々な料理を売る屋台が並んでいた。まだ早い時間なのに、朝食を買い求める人でそれなりに賑わっている。

猫のような耳と尻尾の獣人やドワーフ族らしき人など、様々な種族の人を横目に見つつ、屋台でパンとスープ、串焼きなどを買った。

今の時間は朝食用の商品なのか、簡単に食べられる物が多い。

味はどれもやっぱり塩と少しの香草のみだ。まずいということはなかったが、毎食これだと自分で作りたくなってしまう。

スノーは人混みの中でも周囲からの視線を気にせず、ずっと俺の足元をうろちょろしては尻尾を振り、頭を撫でてとアピールしていた。その無邪気さが良かったのか、騒ぎになることもなかったので一安心だ。

朝食を食べ終わると、南地区へと歩き出した。

南地区へ入ると、大通りと違って道が狭く、二階建てや三階建ての建物がほとんどだった。

それでも活気に溢れ、こぢんまりとしているが様々な品物を扱う店が並び、そして道には露店が所せましと出ている。

宿の女将さんが言っていたように、いかにも庶民の商店街という感じだ。

その中を、近くを歩いている人を呼び止めては薬草や薬を扱っている店を聞き、教えてもらった店を覗いていく。

「いくら寿命の長いエルフって言ったって、師匠はやっぱり凄すぎだよな……」

薬草や薬を専門に扱っている店でも、品揃えは森から出た後に採った薬草くらいだった。

薬も簡単に作れるもののみで、俺が師匠に教わった薬より種類が少ない。

こうやって店を見てみると、師匠がいかに多くのことを教えてくれたのかがよくわかる。

これでは確かに、『死の森』で俺が練習として作った薬でさえ、安易に売りに出せないな……。

ちなみに鑑定の魔法は確立されていないが、薬をある程度見分ける方法はある。薬に含まれている魔力濃度を感知すれば、効能の強さは誰にでも簡単にわかるのだ。

「まあ特殊な物として、香辛料が売られていたのは良かったけど」

地球の香辛料とまったく同じものかはわからないが、匂いはよく似ている。日本の相場と比べると格段に高かったけれど、せっかくなのでそれなりの量を買っておいた。

地球でも香辛料の中には薬代わりに使われるものがあるから、こちらの世界でも同じなのだろう。

こうなると、多くの物が集まるであろう王都への期待が高まってくる。

「さて。商人ギルドへは何を売ればいいのやら」

『死の森』の近くの森のそばに住んでいた、という設定だから、見本として昨日はシラン草を渡した。シラン草自体は深めの森にはあるから大丈夫だろう、と思ったのだが。薬の見本も同じく、シラン草を使った自作の熱さましだ。

「シラン草だけじゃ、ダメだよな……」

それとなく話をして出してみるしかないか……。ああ、気が重い。

「スノー、商人ギルドへ店を覗きながら行くぞ」

『うん、わかったの！』

ここから商人ギルドまでは結構な距離がある。せめて食材などを買いながら行こうと、大通りへ向かって歩き出した。


商人ギルドの正面の大扉を開けて中に入ると、昨日と同じようにたくさんの人がいた。受付には昨日対応してくれた人がいたので、その窓口に向かう。

「こんにちは。薬草と薬を持って来たんですが」

「こんにちは。昨日登録したアリトさんですね。今日は売りに来られたのですか？」

「はい。それでギルドで今欲しい薬草と薬の種類を、お聞きしてなかったと思いまして」

「……『死の森』の近くの森の薬草なら、何でも買い取ります。昨日のシラン草も薬も、素晴らしいものでした。もちろん、シラン草とあの薬も売ってくれますよね？」

「はい。シラン草はこの街に来る途中の村でも売ったので、量は多くないのですが。あとは道中も採取しながら来たので、住んでいる森の近く以外の薬草もあります」

「その薬草もよろしければ買い取ります。この街は人が多いので、薬草も薬も足りないのです。ですから、売れるだけ売っていただけると助かります」

うう……。さすがに商人ギルドの窓口の人だけあるな。何でも買いますと返されるとは……。

さて、どうしようか。とりあえず途中で採った薬草なら全部出してもいい。また採ればいいしな。

「では、ここで出してもいいのですか？ まずは薬草をお願いしたいのですが」

「ありがとうございます！ 量があるようなら、買い取り所がありますから移動しましょう。どうぞこちらへ」

「はい」

何となく、後ろのロビーにいる商人たちの視線が気になっていたから、この場で薬草を出さなくていいのは助かる。

受付の女性についていくと、大きなテーブルがある小部屋に案内された。

「ここに出していただけますか？　今、薬草と薬の買い取り担当を連れてきます」

「わかりました。ありがとうございます」

とりあえず、道中で採った薬草——街の薬草店で扱っていたのと同じ種類のものを並べていく。

かなりの量を採取したので、出すのは半分くらいにしておいた。

あとは『死の森』で採ったシラン草を三束、ランガ草、ケラル草、ギーリ草、ハナルの葉とシーラの根くらいでいいかな？

師匠に連れられていった『死の森』のごく浅い場所にあった薬草を思い出しつつ、テーブルの上に並べる。これらは全て、見て回った店には置いてなかったものだ。

ここで師匠の家の近くで採れる薬草を出したらどうなるのか……想像するだけで恐ろしいよな。ましてや、師匠が持たせてくれた薬草なんて……。

薬は熱さましを十本と、一番簡単に作れる痛み止めに腫れ止め、腹痛用と毒消しを出した。これは全部、『死の森』でなくても森ならどこでも採れる薬草で作られている。全て俺が師匠に教わって作った薬だ。

「お待たせしました。薬草と薬担当のナシールと申します。……こ、これはまた。こちらを全部売ってくださる、ということでよろしいのですね？」

テーブルに並べ終わると同時に入ってきた担当の人は、上品な感じの初老の男性だった。

その男性が薬草と薬を見た瞬間、目を見開いたのだが……やりすぎたか？

「はい、これ全部です。売ったお金で買い出しをするつもりですので。薬は熱さましと痛み止め、腫れ止め、腹痛止め、毒消しです」

一応、薬の瓶にはラベルを貼って、使った薬草と効能がわかるようにしてあるが、一つ一つ種類を説明する。

「……わかりました。では査定させていただいている間に、お求めの品物がこのギルドで扱われているか、入り口横の直営店で確認されてはいかがでしょう？　ギルド会員なら少し安く買えますので」

「そうなんですか。では、ちょっと見てきます」

あー、これはやっちゃったのかな？　と不安になるが、もう諦めるしかない。

気を取り直し、米があることを期待して部屋を出て、ギルドの直営店へと向かう。

ギルドの直営店は、ロビーの左手の扉を開けたところにあった。

広い室内に棚が隙間なく並び、見本の品物と値札が置いてある。品物と必要な数を言えば出してくれる方式なのだろう。

なんだ、先にここに来ればよかったな。

そんなことを思いながら、棚を興味深く見て回る。薬草や薬に食材、鉱石、宝石の原石、木材、魔物や獣からとれる素材、武器防具、道具など、商品の種類は豊富だ。

この国で採れた物、作られた物だけでなく、他の国々から輸送されてきた物もあった。

薬草は南地区の店とは違い、他の地域で採れるものもある。

他国の調味料も扱われていたけれど、味噌も醤油もなさそうだった。見た目が違っていても、味が似ていればいいのだが……。とりあえず気になった品物は買っておくか。

あとは香辛料が何種類かと、コーンスターチっぽい粉、産地の違う小麦粉等を少しずつ買い求める。野菜と果物もいくつか買った。

他に、干した魚もあった。この街の近くに大きな川があるらしいが、南地区の商店では魚は見かけなかったのだ。魚料理を出している店があるか、あとで屋台を回った時に見てみよう。

道具や素材のコーナーも見たが、ここで素材を買うのは不自然だろうし、道具はドワーフの店を回ってからにしようと思い、品揃えや値段だけを確認して店を出た。

買い取り所の小部屋に戻ると、ナシールさんが薬を手にして唸っていた。どうしたんだろう？

「ああアリトさん、ちょうど良かったです。この薬のことを伺いたいのですが。こちらの薬は全部『死の森』の近くの森で採れた薬草で作って、魔力で覆って保管していましたか？」

もしかして……魔力が多すぎたか？　まずいな、どうごまかそうか……。

「そうですね。師匠の爺さんが作ったのと、俺が作ったのとありますが」

「君が？　……お師匠様は凄い方なんですね。こんな腕利きの方がいらっしゃったとは、知りませんでした」

「あー……。俺を拾って隠居して森のそばに住みだしたので。この街まで俺を使いに出したのも、俺の道具などを揃えさせるためなんですよ」

よし、バレそうな嘘は言ってないよな？　このまま薬草についてははぐらかそう。

「なるほど……。この街に弟子のアリトさんだけでも住んでいただけたら、非常に嬉しいのですが」

「いや、俺は成人前ですし、まだまだ半人前なので」

「そうですか……残念です。では今回取引できたことを幸運だと思うことにします。それで査定の結果なのですが、薬草も大変貴重なものを出していただきまして、ありがとうございます」

やっぱり貴重だったか……。『死の森』の近くでも、薬草に詳しい人が採りに来ることはないのかもしれないな。

「査定額は、できたらまたお持ちいただきたいという希望を込めて、高めにしております。こちらが明細です」

そう言って手渡された明細表を見ると――

「うわっ。こ、こんなにいいんですか？」

今日南地区の店を眺めながら、自分なりに市民の生活水準を予測してみた。

屋台の串焼きは一本鉄貨四枚。外食で一食あたり銅貨一枚もかければ贅沢になるだろう。

だから恐らく金貨二枚あれば家族が一月は暮らせると思う。

それを踏まえて見ると——

シラン草が一束銅貨六枚！　村で売った時の倍額じゃないか……。シーラの根なんて、一つで銅貨三枚って。

薬で高額なのが毒消しだ。確かに『死の森』で採れた薬草を使ったけれど、これは師匠から教わった一番簡単な毒消しなのに……。一本、銀貨一枚。

道中で採った薬草も、かなりいい値段になっている。

合計は——なんと金貨四枚と銀貨八枚!!

すっかり師匠に毒されているが、これは街でも大金なはずだよな？

「これでも買い取り価格なのです。店に並んだ時の売値は、もっと凄いですよ。価値がわかっておられないみたいなのでご忠告いたしますが、それだけ『死の森』近くの森で採れた薬草に含まれる魔力は多いのです。どんな薬師でも手に入れたいと望む品ですよ」

「な、なるほど。ありがとうございます。森のそばで育ったので、全然知りませんでした」

「いいえ、また持って来ていただけたら嬉しいです。状態も凄く良かったですし、いつでも買い取らせていただきますので」

「は、はい。また機会がありましたら……」

もう当分寄ることはないと思うけどな！

師匠の家に戻って暮らすなら、この街へ来ることもあるだろうが……。

「では、こちらが買い取り金になります。ご確認ください」

袋に入ったお金を渡され、俺は明細と合っているか、中身を確かめる。

「はい、確かに。ありがとうございました」

「そういえば、直営店にお求めの物はありましたか？」

「ああ、いや。欲しいものは買いましたが、調剤用の道具を探しているので、明日は専門の店を回ろうかと思っています」

「そうですか。では、いい道具を作る店を紹介いたしましょう。紹介状を書きますので、のちほど受付でお受け取りください」

「助かります。ありがとうございます」

その後は直営店をもう一度覗いて時間を潰し、受付で紹介状を受け取って何事もなく商人ギルドを出ることができた。……うう、大丈夫、だよな？

『アリト、これからどうするの？』

ギルドを出たところでスノーに問われ、念話で返す。

『んー、もう夕方だから、夕飯を買って宿に戻ろうか。夜はゆっくりブラッシングするな』

スノーは一日大人しくしてくれたからな。お礼にいつもよりたっぷりブラッシングしてあげよう。まあ、俺がもふもふしたいだけとも言うがな！

『やったー！　早く宿に行こう、アリト！』

ぴょんぴょん飛び跳ねるスノーを見ながら歩いていたのだが、ふいにスノーがピタっと止まった。

『ん？　スノー、どうかしたのか？』

『んうー？　なんか今、見られてた？』

『あれ？　スノーはずっと見られているだろ？』

街を歩いていると、たまに鳥型の従魔や、角のある馬っぽい従魔を騎獣として連れている人を見たが、数はかなり少ない。

だからなのか、ずっとスノーを見られているという視線は感じていた。

『んー？　なんか、違うような？　でも敵意はないし、もういないよ』

『ふうん。まあ敵意がないならいいかな？　じゃあ、さっさと屋台でご飯を買って宿に戻ろうか』

『うん！』

俺よりスノーの方が敵に敏感だし、対応も的確だ。だからスノーが危険はないと判断するなら、そうなのだろう。

でもやはり気になって、手早く近くの屋台で串焼きやパンを買うと、すぐに宿に帰ることにした。

もちろん、夕飯を食べた後はスノーをブラッシングして、まったりもふもふした。

お腹のふわふわに顔を押しつけてみたり、尻尾をもふもふと触ってみたりな！

……アディーが呆れた目をして見ていたが、スノーのもふもふは最高なのだ！

◆◆◆

次の日も早朝に目が覚め、身支度をすませると一日の予定を決める。今日で街に来て三日目だ。

『アリト、今日も街ー？』

「ああそうだよ。今日は道具屋に行ってから、本屋を探してみるよ。スノーは俺のそばにいてな？」

『うん！　アリトにくっついてるの！』

とりあえずお腹が減ったのでカバンを掛けて部屋を出て、鍵を女将さんに預けてから昨日と同じく広場へ歩き出した。

今日は魚料理を重点的に探したら、川魚だが焼いた干物を見つけることができた。値段は少々高めだったが、もちろん買って食べたぞ。久々の魚に、涙が出そうになったよ。

そのまま上機嫌で、商人ギルドから紹介状を貰った店のある、東地区へ向かった。

このイーリンの街は中央で交差する一番広い大通りによって四つの区画に分けられ、西と東に外へと繋がる門がある。

東地区は職人街で、各種工房や、武器屋、防具屋、魔道具屋などの店舗がある。

西地区には商人ギルドや討伐ギルドなどがあり、そのため宿屋や大きな店舗が多い。住宅地は西地区の裏側と南地区だ。街壁付近は農地にもなっている。

北地区には領主の屋敷と貴族たちが住む高級住宅があって警備兵が巡回（じゅんかい）しており、用事がなければ立ち入らない方がいいとタドリーさんにも忠告を受けていた。

まあ貴族なんて近づきたいとも思わないから、当然北地区へ行くつもりはない。

とはいえ、『落ち人』の調査としては北が一番手がかりがありそうだよな……。まあ、まずは本屋で調べればいいか。

そんなことを考えながら歩いているうちに、目的の店にたどり着いた。

「すみませーん。紹介状を貰ってきたんですが」

「おういらっしゃい。って、なんだ子供か？」

店は大通りから一本入ったところにあった。

建物は大きくなかったが、せっかく紹介状を貰ったし……と思い、中に入って声を掛けると、奥から背が低くてずんぐりした体型の、髭と髪の長いいかにもドワーフ！という男が出てきた。

街を歩いていて、ドワーフの姿もちらほら見かけていたが、やはり鍛冶場で会うと迫力が違う。

「商人ギルドで調剤用の道具が欲しいと言ったら、ここを紹介されました」

「薬師見習いか？まあギルドが紹介状を書いたのなら、いい腕なんだろう。何が欲しいんだ？」

とりあえず旅の間に調剤できるように、基本的な道具を一通り言う。

「ふむ。一揃え、か。独り立ちの準備か？ちょっとお前が調合した薬を見せてみろ」

「……ではこれを」

カバンからシラン草を使った熱さましを出して渡すと、店主の男はじっくり品定めを始める。

その間に店内を見回したところ、いかにも適当って感じで雑多に道具類が置かれていた。

「ふん、いい出来だな。薬草の魔力もきっちり薬になっている。しっかりとした師匠についているんだな。よし、ちょっと待ってろ」

薬をカウンターに置いて店の奥に行き、少しすると荷物を抱えて戻ってきた。

「これならどうだ？　一度にたくさん作れる大きな道具は、まだお前さんにはいらないだろう？　小さい道具一揃えだが、出来はいいぞ」

並べられた調剤用の道具類を一つ一つ手に取ってみる。

師匠の家にあった物には劣るものの、丁寧に作られたいい品ばかりだ。厚めだが透明に近いガラスを使っている乳鉢を取り、曲線の滑らかな手触りを確かめる。

「いいですね。手頃な大きさで、使いやすそうです。こちらを全部いただきたいのですが」

「……値段を聞かないでいいのか？」

「気に入ったので。道具を買うために商人ギルドで薬草と薬を売ったから手持ちはあります。全部でいくらになりますか？」

「ふっ。お前、若いのにわかるヤツだな！　気に入った！　全部で金貨三枚だ」

「はい、ではこれで」

カバンから金貨三枚を取り出して置くと、店主は道具一式を渡してくれた。

「わっはっは。また欲しい物があったら来るといい」

「ありがとうございます。では、いい物をありがとうございました」

楽しそうに笑う店主に見送られ、そのまま店を出た。

いい道具を買うことができて、心が沸きたつ。

薬草を採りながら道中を歩くなら、路銀(ろぎん)は薬師見習いとして自分で稼ごう、とそんな気になった。

『お待たせ、スノー。どうしたんだ？　何かあったのか？』

店が狭いから、外で待っていてもらったスノーへ声を掛けると、落ち着きなく辺りを見回している。

『なんか見られてるの。悪意はないんだけど……むー』

『え？　そんなに気になる視線なのか？』

『うん。これは昨日の気配と同じなの』

「えっ？」

思わず声を出して、辺りをキョロキョロと見回してしまった。

昨日と同じって、俺たちをつけ回しているヤツがいるってことか？

でも、アディーは何も言ってきてないよな。

「……ね、ねえ君！　そこの従魔ってもしかして……」

「うわぁっ‼」

右を見て、左を振り返ると、目の前に獣人の女の子がいた。

『あ、その人だよー、アリト！』

第十話　面倒事と本屋

「ねえ君、その従魔って……フェンリル様、だよね？」

「うえっ！」

　突然現れた彼女に驚いて心臓がドキンッと飛び跳ねたのに、続く言葉でさらなる衝撃を受けた。

『ス、スス、スノー！　この子のこと知らない、よな？』

『うん、知らないよ？　この街に入ってから、たまに気配を感じただけだよ？』

　うおお。スノーが落ち着いているってことは、この娘には悪意も敵意もないってことだよな。

　でもどうして、スノーをつけ回すようなことをしているんだ？　何が目的だろう？

「ねえってば‼　この子、フェンリル様の子供だよね？」

「……何なんですか、いきなり。貴方（あなた）は誰ですか？」

「ああ、ごめんね。私はハルディナ。狼獣人族よ。で、その子は私たち狼獣人族が神と崇（あが）

めるフェンリル様の子供、よね？」

あーもう、どこから突っ込めばいいのやら、ってヤツだな。

この子は狼獣人族だったのか。どうりで茶色い耳と尻尾の形がスノーに似ているわけだ。

「ね、どうなの？　その白銀の神々しい毛並みと魔力は、他の種族では考えられないわ！」

狼系の魔獣は、師匠の家でもフェンリル以外はいなかったから、白銀の毛並みを持つ他の魔獣は知らないんだよな……。

「ね！　そうなのよね⁉」

どうやり過ごすか考えているうちに、気づけば目の前にハルディナの顔があった。

獣人族の特性なのか動いた気配を感じられず、驚いてビクンッと後ずさりしてしまう。

『ダメーっ！　アリトが困っているのっ！　離れてなのっ！』

「うわあっ、ちょっ、スノー！」

「グガウッ！」

俺が嫌がっているのを感じて、スノーが詰め寄ってきたハルディナと俺の間に飛び込んだ。

ただでさえ上体が後ろへ反れていたから、危うく転びそうになってしまった。

「ああもうっ！　街で威嚇しちゃダメだ、スノー。それとハルディナさんっ！　とりあえずここから移動しましょう。目立っていますから！」

さっきまではほとんど人の気配などなかったのに、今は騒ぎを聞きつけたのか、こちらを窺う人垣が……。

「え？　ああ。わかったわ。じゃあついて来て。人があまりいない場所がいいんでしょ？」

『怒っちゃダメなの？　だってこの人、アリトのイヤなことしたんだよね？』

『いいから！　スノー、とりあえず移動するよ』

こっちだと手招きするハルディナさんについていきたくはないが、これ以上騒ぎになるよりはマシだろう。

「で？　いい加減に教えて欲しいんだけど？」

「いや……。こちらは騒がれて迷惑しましたし、貴方に答える義理もないんですが？」

連れていかれたのは、誰もいない東地区の端の空き地だった。

「……私たち狼系獣人族にとっては、フェンリル様は生きているうちに一度は会ってみたいお方なのよ。でも、ほとんどの人は会えないで終わるの。だから……」

「それが俺とこの子に関係ありますか？」

「グルウウ」

俺はしゃがんで、ハルディナさんを威嚇して唸るスノーの背を撫でる。

『この人に敵意はないけど、アリトがイヤならスノーがやっつけるの！』

『いやいや、ダメだから。ちょっとだけ大人しくしていてな』

「……ごめんなさい。偶然貴方たちを街で見つけて、どうしても堪えられなくなったの。フェンリル様の子供なら、少しだけでも触らせてもらえないかなって……」

「そんな態度じゃなかったですよね？　ほら、この子も貴方を警戒してしまっている。俺たちが貴方の問いに、あの場で答えたらどうなるか考えましたか？　狼系獣人族の方は、この街に他にもたくさんいらっしゃるでしょうし」

ハルディナさんから話が広まって、狼系獣人族がスノーに押しかけたらどんな騒ぎになるのか……。

旅の間、スノー目当てに狼系獣人族に追われる、なんてまっぴらごめんだ。スノーだって嫌だろうしな。

「そんなわけで、いきなり詰め寄るような貴方には教えられません。では、そういうことで」

ここまで言ったらフェンリルだって言っているようなものだが。

まあ最悪、様子を見てさっさとこの街から出ればいいか。

「ごめんなさいっ！　本当に悪かったわ。貴方が迷惑しているのは十分わかったし、他の人にも絶対に言わないからっ！　だから、お願いします。この通りっ」

さっさと離れようと思ったのに、思いっきり頭を下げられてしまった。下げたままの頭の耳がぷるぷるしている。うーん……。

「貴方がなぜそこまでこだわるのかは知りませんが、もう今さら俺に言ってもダメですよ。貴方が謝って誠意を示す必要があるのは、この子に対してではないんですか？」

　そう言って、俺の横でずっと唸っているスノーを示す。

「あっ……。わかったわ。つい興奮してしまって……迷惑かけてしまったわ。ごめんなさい。貴方の主を困らせることはしないし、迷惑もかけないと誓います。だから、少しだけ、ほんの少しだけでも貴方に触れさせていただけないでしょうか？　お願いします」

　ハルディナさんがスノーの目の前に座り、頭を下げる。尻尾が足の間に入っているな。

『んー？　もうこの人、アリトにイヤなことしないの？』

『うーん。わかってくれたの、かな？　スノーはどうしたい？　このお姉さんに撫でられてもいい？』

『んー……。少しだけなら、いいかな。アリトがいいなら』

　まあ、今後付きまとわないように釘を刺せばいいか。

　咳払いをして、まだ頭を下げているハルディナさんを見ながら言う。

「あー。少しだけなら触ってもいいそうですよ。ただし！　これ以上は俺たちに付きまとわないでくださいね？　他の狼系獣人族の方にも、もちろん親しい人にも言わないでください。それが約束できないなら、俺たちはこのまま街を出ます」

そこが肝心だ。守ってくれるなら、とりあえずは騒ぎにならずに街を出られるだろうし。

ただ、今後は狼系獣人族には気をつけないといけないな。それに、スノーがフェンリルだってことは絶対に言わないぞ。スノーに今回みたいな視線を感じたら避けるように、言っておかないと。

「ほ、本当に？　いや本当ですか？　ありがとうございます。絶対に言いません。ほんの少しだけ、そのお体に私の手で触れるのをお許しください」

『どう？　いい？』

『んー、いいよ』

「いいそうです。どうぞ」

ポンっとスノーの背を叩き、頭を下げているハルディナの前に押しやる。

「あ、ありがとうございます！」

ハルディナは顔を上げて、信じられないという表情でそっとスノーの頭に手を伸ばした。

触れている手が微かに震えているのを見て、まあ、迷惑だったけれど仕方ないか、と思う。狼系獣人族にとってのフェンリルとは、そういう存在なのだろうから。いい教訓になったと考えることにしよう。

「ふわぁ……」

スノーの毛に触れて、ハルディナさんが蕩けた。陶然として狼耳は垂れ、尻尾はいつの間にか足の間から出てふるふる震えている。

スノーは、俺が毎日ブラッシングしているからな！　最高の毛並みなのだ。

スノーは蕩けたハルディナを置き去りにして、ささっと下がった。

『もういいよね？』

『ああ、いいんじゃないか？』

「では、そういうことでくれぐれもよろしくお願いしますね。じゃあ行こう、スノー」

そっとその場を離れた俺とスノーは、東地区の商店街へと戻った。

「あー良かった、上手く切り抜けられた、よな？」

『アリト？　やっぱりあの人のことイヤだった？』

「いや、もう大丈夫だよ。そうだな。もう気にするのは止めて買い物しよう。せっかくだし、武器屋とか防具屋とかも見てみるか！」

その後は予定通りに、東地区の商店街をあちこち見て回った。

気になったものや使えそうなもの、調理器具などを買ったり、武器屋や防具屋を覗いたりして。

武器屋で弓を見たら、どれだけ師匠の作ってくれた弓が凄いのかがわかって、唖然とした。

防具屋でも、商品の革鎧の素材を見ると、改めて『死の森』の魔物や魔獣がいかに上位であるかを痛感する。

弓といえば、今使っている矢は俺の手作りのものだ。師匠に作り方を教わったからな。矢尻は魔物の牙や爪、骨などを削り、矢羽ももちろん魔物の羽。その素材の全部が『死の森』のものだ。

旅に出てからは、ゴブリンの襲撃の時しか弓を射る機会がなく、あの時も矢は回収しておいた。

再利用しようと考えてのことだったが、こうなると自分を褒めたくなる。

とはいえ、いつも回収できるとは限らないから、武器屋では普通の矢を大量に買った。弓は今のもののほうが質がいいし慣れているので、店のものは購入しない。師匠の弓は目立たないように持ち歩こう。

一番興奮したのは魔道具屋だ。魔道具屋には、魔道ランプや水の出る水筒など、便利な生活用品がたくさんあった。

魔力結晶は『死の森』なら魔物を倒せば七割くらいの確率で手に入るが、普通の森には魔力が結晶になるほどの魔力濃度を持つ魔物がほぼいない。だからなのか、魔力結晶を使う魔道具は、かなり高価だった。

店の人に少し話を聞くと、長く生きた魔物なら極小(ごくしょう)の魔力結晶を持っている場合もあるらしく、それを使った物くらいしか出回らないということだ。

……カバンの中の荷物はほとんど出さない方がいいってことだな。やっぱり、とんでもないものばかりだったんだ……。

俺の感覚は師匠寄りになっていたと、しみじみと実感した。

魔道具屋では携帯（けいたい）用のコンロを売っていたので、それだけは買った。これで旅の間も料理を色々作れる。

よし、次は本屋だな！

東地区を出る前に、通りを歩く人に本屋があるか聞いてみたら、中央広場に面した場所にあるとのことだった。

中央広場は、四つの区画の中心にある、一番大きな広場だ。

わら半紙のような紙はあったし、師匠の家には多くの研究書があったから気づかなかったが、やはり本はかなり高価らしい。王都にしか図書館がないのも、そういうことなのだろう。

「お、ここだな。……スノー、ごめんな。ちょっと時間かかるけど、入り口で座って待っていてくれないか？」

中央広場に面する一等地なだけに、本屋はそれなりに大きな店だった。

扉を開けて入ると、すぐに並んだ本棚が見え、紙の匂いがした。それをかいで、一気に懐かしさと嬉しさがこみ上げてくる。

読書が好きで、日本にいた頃は田舎でも上京した大学でも、図書館の本を片っ端から読んだものだ。

「いらっしゃいませ。お気遣いありがとうございます。どんな本をお探しですか？」

声に視線を上げると、本棚の間に見えるカウンターから店員と思しき人が出て来るのが見えた。

「あ、すみません。この子は俺の従魔なのですが、外で大人しくしていますから。ちょっと本を見せてもらってもいいですか？　もし『死の森』について書かれている本があれば、それを見たいんですけど」

近づいてくる店員を見ながら、しまったなと思う。

店員は三十代くらいで、細身のいかにも紳士という感じの男性だった。

適当な服を着た子供姿の俺は、ここではかなり場違いだろう。……正装までは必要ないが、せめて少しいい服を買っておくか。

「はい、従魔はそちらにいるのでしたら大丈夫ですよ。それと、『死の森』ですか。うーん、薬草図鑑になら、少しは載っているかもしれませんが……。あそこは上級討伐ギルド員でも、浅い場所しか探索しませんから、詳しいことはわかっていないはずです」

上級討伐ギルド員？　上級なら、恐らく上の方だろう。やはり『死の森』には浅い場所でも立ち入る人はほとんどいないのだな。

「わかりました。ありがとうございます。それで……他にも本を見せてもらっても大丈夫ですか？」

「ええ、どうぞ。欲しい本がありましたらお声掛けください。本は種類ごとに分けてございます」

「ありがとうございます。では、見せてもらいます」

拒絶の雰囲気がないことを確認してから、本棚へ向かう。

『じゃあスノー、ちょっとここで待っててな』

『わかったの。待ってるの』

とりあえず近くの棚の本を手に取ってパラッとめくると、この国の初代王のことが書かれていた。今よりももっと森が広くて平地が少なく、魔物が溢れていた時代のことだ。

とても興味深かったが、今必要な情報というわけでもないので本棚へ戻し、次の本を手に取った。

そうして次々に本を手に取ってめくり、気になるものは斜め読みしていく。

物語や研究書、この世界で英雄と呼ばれる人のことを書いた本、様々な図鑑や、魔法のことについて書かれた本など、実に様々なものがあった。

その中で特に気になった本を手に持つ。

「お決まりですか？」

「あっ！　すみません、すっかり長居してしまって。この本が欲しいのですが、いくらになりますか？」

気がつけば店内は薄暗く、ランプと魔法の光に照らされていた。恐らくもう夕方だろう。

今、選んだ本は三冊。魔法について詳しく書かれた本、この大陸の風土について書かれた本、それと地域別植物図鑑だ。

師匠の家にあった別の植物図鑑で勉強したが、地域独自の薬草を全て覚えているわけではない。だから手元に一冊欲しいと思ったのだ。図鑑には、白黒だが各薬草の絵が一つ一つ丁寧に描かれている。

「『魔法考察』は金貨一枚、『大陸風土』は金貨一枚と銀貨三枚、『植物図鑑』は金貨四枚ですね」

ちなみにこの世界の本は、わら半紙風の紙に活版印刷で刷られており、表紙にも革が貼られている。製本は、一冊ずつ手で行われているそうだ。

「わかりました。全部買います。合計金貨六枚と銀貨三枚ですね。ではこれで」

カバンの中に別に入れてあった、師匠の持たせてくれた金の入った袋を取り出す。そこから金貨を出し、旅に出てから薬草を売った金の入っている袋から銀貨を出した。

これまでの買い物は全部、村とこの街で薬草を売った金で足りていたから、師匠の金には手をつけていなかったのだが。

「……はい、確かにお預かりいたします」

店員さんはニコリと微笑んで、キレイなお辞儀をした。まだ成人前の庶民の格好をしたガキがポンと大金出したのに、驚いた顔をしないのだから凄い。

「まだ見てない本があるので、明日も見に来ていいですか？」

「はい、お待ちしております」

よかった。欲しいものは買えたし、明日も期待できそうだ。

今日は変な娘に会ったけれど、気分良く終われるな。

『スノー、お待たせ。ごめんな。俺の夕飯を買ってから帰ろう。もちろん、夜はブラッシングな』

スノーは本を見ている間、座ったり寝そべったりして、大人しく待っていてくれた。

『わーい、嬉しいの！　じゃあ急いで帰るの！』

「では、また明日来ます」

「ありがとうございました」

ペコリと頭を下げて店を出ると、上機嫌で屋台で夕食を買って宿へ帰った。

その夜は、ゆっくりブラッシングした後、スノーに少し大きくなってもらい、お腹をソファにして、もふもふしながら買った本を読んでまったりとした。

その姿を、またアディーが呆れた目で見ていたけど気にしない！

そのまま抱きついてスノーと一緒に床で寝たくらい、気持ち良かった。

街に来て四日目は少し遅めに宿を出て、屋台で朝食を済ませてから本屋へ行った。

そして残りの本棚の本を、ひたすらめくった。一度広場に出て屋台で昼食をとり、また本屋に戻って本を読んで。

めぼしいものは一通り見たが、結局『落ち人』のことが書いてある本は見当たらなかった。史実を綴った本を見つけたものの、『落ち人』の文字はなかったんだよな。

まあ、すぐに見つかるものでもないか、と諦めたのだが。

ただ、やはり『落ち人』はこの世界にいただろうことは推察された。史実を綴った本を見ていたら、いきなり紙と活版印刷が出てきたのだ。恐らく『落ち人』が伝えた技術だと思う。

まあ、その『落ち人』が自分から伝えたのか、囚われて無理やり知識を出すことを強要されたのかはわからない。

やはり『落ち人』とバレたら、どうなるか見当がつかないってことだな。うん。ヤバい橋を渡るのは全力で避けたいところだ。

王都でも『落ち人』の手がかりが何もなかったら、その時はどうするか……。

いや、とりあえず王都に行って、実際にそうなった時に考えればいいか。

結局今日は、その史実を綴った本を金貨一枚、『各種族特性考察』という種族別の特徴や能力を考察した本を金貨一枚で、計二冊買ったのだった。

「ありがとうございました。本、お好きなんですね」

「ええ。俺が世話になった家にあった本は、研究書ばかりだったので、色々な本を見られて嬉しかったです。他にも欲しい本はありましたけれど、さすがに全部は買えませんしね」

「王都に図書館がありますから、そこならもっとたくさんの本を読めますよ」

「ええ。そう聞いたので、次は王都に行こうかと思っています。長々とお店に居座ってしまってすみません。ありがとうございました」

「いえいえ。たくさんお買い上げいただき、こちらこそありがとうございました。またこの街に来たらお立ち寄りください」

「はい。では、これで」

『スノー、今日も一日ごめんな。もう本屋は終わりだ。明日は街をぶらぶらして、明後日に出発しようか』

スノーは今日も一日入り口で、動かずにずっと待っていてくれた。

うん、本当にスノーはいい子だ！　街にいるだけでも、スノーにとっては窮屈だろうに。

『終わりー？　やったー！　じゃあ帰っていっぱいブラシでごしごししてね』

『ああ、今日もたっぷりブラッシングするな』

ペコリと頭を下げて本屋を出ると、その日も広場の屋台で夕食を買って宿屋に戻ったのだった。

もちろん、たっぷりブラッシングしてもふもふして、スノーのお腹の毛並みに埋まって本を読んだ。スノーも凄く喜んでくれたから、問題はない！

用事はほぼ終わったが、宿は最初に五泊頼んだし、別に急ぎの旅でもないから、五日目は街を買い物しながらブラブラした。

まだ行っていない西地区の宿屋の周りや住宅地をうろうろし、ご飯を食べ、一応北地区の入り口辺りにも行って、遠くに見える領主館を眺めた。

『死の森』から一番近い街だというのに、結局『死の森』由来のものは何一つなかったな。

まあ、人が立ち入れないからこそ、師匠はあそこに住んでいるのだが。

街をうろついている時に、ちらりと見たことのある狼耳と尻尾の女の子の影を見かけたが、その時は方向転換していた。狼系獣人族にも注意を払いながら歩いたおかげで、騒がれることもない。

食材も色々と追加で購入して満足し、布の服と少しだけいい服も店員に勧（すす）められるまま買った。

　最後の宿泊をし、次の日の朝、五泊した部屋に浄化を掛けてきれいにする。

「よし。王都に向かおうか」

『うん！　街を出たら思いっきり走るの！』

「そうだな。ごめんな、スノー。今日は街道から見えない場所の森に入って、狩りでもしてゆっくり過ごそうか」

『やったー！　行こう、アリト！　街の外へ出よう！』

『ふん。じゃあ俺は先に行って偵察しておいてやる』

「ありがとう、アディー。じゃあ宿を出たら屋台で朝食を買って、門に向かうよ」

　さあ！　王都を目指して行こう！

第三章　王都への道

第十一話　出立(しゅったつ)と出会い

この街で最後の食事なので、朝食は魚の干物を焼いたものと、芋が美味しい野菜スープにした。

そしてこの街で見つけた、干した果物が入ったパンを多めに買い、串焼きも十本ほど買うと物陰(ものかげ)に隠れ、魔力で包んでカバンへ入れる。

そのまま西門へと向かいながら、朝市で果物や野菜などを買い、街の外へ出るために列に並んだ。

『並ぶのー？』

『うん、そうだよスノー。スノーの首輪を見せなきゃならないから、大人しくしててな』

『わかったの』

門は夜の間は閉ざされ、日が出てから開かれる。

だから朝日が昇ってからさほど経っていない今の時間帯は、商人や討伐ギルド員など様々な人で混雑していた。

列を進みながら周りの様子を見ていると、最初の日の夜に宿で会った討伐ギルド員と思しきパーティがいるのに気がついた。食堂で絡んできた方ではなく、忠告してくれた方だ。

あの時に忠告してくれた強面の男は、こうして見てみるとかなりの長身だった。ガッチリした体格である上に、並んでいる人たちからは頭一つ分飛び出ているため、目についたのだ。背には俺の身長以上の長さがある巨大な大剣を担いでいる。

隣では、あの夜見た美人のエルフが弓を手に持ち、その横にはひょろりとしたやはり背が高い男性と、長い杖を持った小柄な女性の姿があった。

あの時俺は、エルフの女性にしか気づかなかったが、一緒のテーブルにいたのかもしれない。雰囲気からして、恐らくこの四人がパーティなのだろう。

なんとはなしに彼等を見ていたら、一瞬目が合った気がした。

内心慌てたが、何気なく視線を外す。まあ、俺のことなんて覚えていないだろうが……。

それ以降は足元のスノーをもふもふしつつ列に並び続け、やっと俺の番になった。直前にはアディーも呼んで、待機してもらっている。

「よし次。身分証明書と……それはお前の従魔だな？　従魔登録したカードを見せろ」

「はい。身分証明書と、商人ギルドのギルドカードです。この子たちはこの通り、ちゃんと登録して首輪もしています」

「ふむ……よし。まだ成人前のようだが、商人ギルドなのか？　討伐ギルドではないのだな」

じっと上から下まで眺められた。

今日は街道から外れて歩く予定なので、革の上下の服の上にローブを羽織っている。さらには背負い袋をしょって、布を巻いた弓を手に持っていた。その上、狼型の従魔がいたら、確かに討伐ギルド員だと思われる、か。

「いいえ、俺は薬師見習いです。森に薬草を採りに入るので護身用の装備ですよ」

「ああ、そうなのか。うむ。では通っていいぞ」

「はい。ありがとうございました」

ペコリと頭を下げてスノーを促し、門を抜けて街を出た。

思わず深呼吸をしてから、目の前の草原の中を続く街道を歩きだした。

『アリトー！　外、出たね！　思いっきり走ろう？』

『そうだな、スノー。でもほら、他にもたくさんの人や荷馬車がいるだろう？　街から離れるまでは、ちょっと待っててな。あの森に着いたら、道を外れよう』

真っ直ぐに伸びた道の先に森が見えていた。結構距離があるから、あそこなら街から見えないしちょうどいいだろう。

『あそこまで？　わかったの！』

今日はいい天気で風も穏やかだ。

足元を楽しそうに跳ねながら歩くスノーと、のんびり気分のまま歩き続ける。

荷馬車に追い抜かれもしたが、スノーが足元にいる俺に近づいてくる人はいなかった。

……のだが。

しばらく進み、森に近づいてきた時だった。

「よお坊主。お前さん、宿の食堂にいた子だろ。あの後も従魔を連れて歩いているのを街で見かけたから、気になっていたんだ。お、すまん。俺はガリードっていう。こんな年だが、まだ討伐ギルド員なんてやっているぜ」

いきなりガッハッハと笑いながら、門で見た四人組のうちの一番大柄な男に背中を叩かれた。

道端で彼らが休んでいるのは見えていたが、一本道だし気にしないようにしていたのだ……。

もしかして、俺に声を掛けるためにここで待っていたのか？　何のために？

「私も気になっていたのよ。貴方、あの時私がエルフだって気づいたでしょ？　この国でエルフは珍しいから、よくじろじろ見られるのよ。でも君は、そんなこともなく行っ

ちゃったんだもの。あ、私はリナリティアーナよ。リナって呼んでちょうだいね」

ガリードさんに続き、エルフのお姉さんが俺にそう言った。

「俺はノウロ。偵察担当だ」

ひょろりとした細身の長身の男性は、正面から「よろしく」と手を差し出してくる。

鋭い目つきをしていたが、重ねた年齢のせいか、柔らかい雰囲気があった。恐らくガリードさんと同年代で、二人とも三十代から四十代に見える。

呆然としたまま手を出すと、問答無用で握手(あくしゅ)された。

それが終わるとノウロさんが押しのけられ、唯一俺と同じくらいの身長の女性が前に出てきた。

「私はミリアナよ。ミアって呼んでくださいな」

ニコッと笑った顔は可愛らしく、他のメンバーよりもかなり若く見える。

だけど、なんとなくガリードさんたちと同年代なんだろうな……と思っていたら、凄い威圧感がミリアナさんから放たれた！

うわわっ！　なんか今踏んではいけないものを踏んでしまった！　ダメだ、これ以上考えては。

「フフフフ。可愛いわね。ね、貴方の名前とこの狼の子の名前を教えてくださいな？」

「は、はいっ！　お、俺はアリトっていいます！　この子は俺の従魔のスノーです！」

ミリアナさんの笑顔があまりに怖くて、震えながら速攻で自己紹介をしていた。

それでもまだ背筋を駆け上る寒気を堪えていると、ふいに羽音が聞こえてアディーが肩に止まる。

『アディー！　なんで知らせてくれなかったんだよ！』

『お前が目当てかどうかはわからんだろうが。この者たちに悪意はないが、俺も念のために下りてきてやったぞ』

「あら、その子も君の従魔なのね？　ごめんなさい。なんかガリードが門でアリト君に気がついて、街を出る日が重なったのなら話がしたい、って言い出したものだから」

ミリアナさんの今度の微笑みからは、先程感じた圧はなくなっていた。

ホッとしつつも、戸惑ったまま口を開く。

「あの……。ガリードさんがそう言ったからって、わざわざこんな場所で待っていたんですか？　なんでそこまで俺のことを？」

話をしたのはあの時だけだし、顔を合わせたのだって今朝で二回目だ。

確かに未成年の一人旅、ましてや従魔まで連れているのはかなり珍しいとは思うけれど、待ち伏せして声を掛けるほどか？

「はっはっは。お前さん……いや、アリトのその成人前とは思えない落ち着きとか、従魔を連れて街を歩いているのに、問題を起こさずにいられたこととか。凄く興味深いだろう？　ん？　お前さん、自覚なしなのか？　ああ、いや、別につきまとったわけでも、色々と探りたいわけでもないからそう警戒するな！　まあ、怪しいか！　我ながらな！」

　ガッハッハ、と、また笑いながらガリードさんに背中を叩かれた。

　なんなんだよ、一体！　警戒するななんて言われたって無理だろ、この状況じゃ！

「ちょっとガリード！　貴方のバカ力で叩かないの！　アリト君、痛がっているでしょ！　もう、ごめんなさいね。私があの時に、エルフだと気がついたのにあまり見ないなんて珍しいわね、って言ったら、なおさらガリードの興味を引いちゃったみたいなのよ」

　リナリティアーナさんはそう言いながら、俺の肩に置かれているがっしりとしたガリードさんの手をパパッと払ってくれた。

「でも、こうやって話してみるともっと興味深いわね、君って。従魔が二体もいるし。ねえ、私に動じないってことは、君の知り合いにエルフがいるのかしら？」

　ホッとしたのも束（つか）の間、リナリティアーナさんの質問で鼓動（こどう）が一気に跳ね上がる。

　いやいや、落ち着け！　エルフは珍しいけれど、街でだってエルフっぽい人は何人も見かけただろ！　師匠の名前を出さなければ問題ないはずだ！

「え、ええ。確かに俺を拾って育ててくれた爺さんはエルフです。だからリナリティアーナさんを見ても、エルフだなとは思いましたが……」

「やっぱりね。この国はエリンフォードが隣だから、異種族との間に生まれた人はそれなりにいるのだけれど、私みたいな純血のエルフは珍しいのよ。だからその弓も気になっていたの。アリト君を育ててくれた人が作った弓よね、それ。エルフの弓だもの」

一応布を巻いてみたが、無駄だったってことか。エルフから見れば、弓だけで俺がエルフと関係があるってことがわかるんだな。

街中で見かけたのは、エルフの他に別の種族の血も引いている人だったってことだろう。エルフの事情は、師匠には教わらなかったからな。

「そうです。見ればわかるものですか？　でもこの弓で慣れてしまったから……」

「ああ大丈夫よ。確かに見る人が見れば業物なのはわかると思うけれど、エルフの弓はその人に合った調整をして作られるから、他の人が使うには適さないの。まあ確かに、君みたいな子供が街中で持ち歩くのは、あまりお勧めしないけれど、ね」

パチンっとウィンクされて、ドクンと鼓動が上がる。美人には免疫がまったくないのだ、俺は！

くっ、これ以上揺さぶられたら、何もかも暴露してしまいそうだぞ。

「あらあら、本当に可愛いわね、この子。リナのウィンクで真っ赤になっちゃって。うーん、いいわ」

ミリアナさんにからかわれているところに、ノウロさんが割って入る。

「こらこらミア、そんな風に言ったらホラ……さらに警戒されてしまったじゃないか。でも確かに君は興味深いね。空からの偵察と警戒に、戦力となる従魔たち。それに君は弓と多分魔法で戦うんだよね？　凄くバランスがいいパーティだ」

ええっ！　何それ。俺たちはそういう風に見えるのか？

「いやっ、俺は討伐ギルド員じゃないですからっ！　戦闘なんて自衛だけの、ただの薬師見習いですよ！」

「「「いや、従魔二体もいて、ただのってことはないだろ」」」

え、ええーーっ！　そんなにハモってまで否定されることなのか！　俺はただ平穏無事に旅しているだけなのに!?

「うん、面白いな！　なあアリト、せっかくこうして知り合ったんだ。途中まででも一緒に行かないか？」

またガリードさんが肩に手を置きつつ言ってくる。

いや、ここで流されたら大変なことになる予感しかしないのだが……。

「いえ、あのっ！　俺、森の中で薬草を採りながら行く予定なので。すみませんがっ！」

よし、言えたっ！　これなら……。

「あら奇遇ね。私たちもそうよ？　私が薬を作るから、いつも道を外れて薬草を採りつつ進むの。良かったわ、一緒に行きましょうね」

うをっ！　エルフって、もしかして皆薬を作れるのか？

「それはいい。そうしようか」

「うんうん。可愛い子が道連れなんて最高ね。では行きましょうか」

ノウロさんとミリアナさんも笑顔で頷いている。

皆さん乗り気のようで？　承諾してないのに、なんだか一緒に行くようです？

『アリト、困ってる？　スノーがこの人たちやっつける？』

『ふむ。どうなんだ、アリトよ』

『いやいや、ダメ、ダメだからっ‼』

スノーとアディーが物騒なことを言い出したので慌てて止める。

でも今、この人たちを説得できる気がしないからな……。仕方がない、少しだけ同行するしかないか……。

「アリト。ここから森へ入って採取する予定だったんだろ？　俺たちもそうだ。ほら、行くぞ！」

手招きするガリードさんを見て、ため息をつきつつ、後ろについて森へと入ったのだった。

◆◆◆

『アリト、あったよー。ここなの！』

「お、スノー、ありがとう！　これ、見つかりづらいから助かるよ」

森の中でスノーが前脚で示した場所を見ると、目当てのアリゾン草があった。

魔力を練り、そっと根元の土に手を当てて周囲の土を柔らかくし、アリゾン草を引き抜く。この薬草は、茎と根を使うのだ。

「よし、もう少し頼むよ、スノー」

『うん、わかったの！　頑張って探すの！』

『アリト、そこから右斜め前に少し行ったところにザラルの実がなっているぞ』

「やった！　アディーもありがとう！　ちょっと採ってくる！」

ザラルの実は、干すと甘くて美味しい。『死の森』でも採ることができて、この世界の果物としては、今のところ一番好きだ。

「おおっ、やった！　結構なっているな。よし、魔力を練って……」

果実がたわわに実って（みの）いる木の幹（みき）に手をついて、魔法で木を操作して揺らし、熟（じゅく）している果実を落とす。

そしてその果実を風でそっと受け止め、地面にまとめて置いた。うん、大漁だ！

「やっぱりアリト君、見ていて飽きないわ」

「ああ、本当だな。魔力の使い方は興味深いし、森の歩き方も素晴らしい」

「ガッハッハ、やっぱりスッゲー面白いヤツだな！　声掛けて正解だっただろ！」

ザラルの実をかき集めて背負い袋に入れていると、ミリアナさん、ノウロさん、ガリードさんの会話が聞こえてきた。

はっ！　しまった！　つい、いつものように採取しちゃってたよ！

エルフのリナリティアーナさんがいるし、こういう採取の仕方はガリードさんたちも普段からよく見ていると思ったんだが……。

師匠が俺に教えてくれたやり方は、やっぱり普通じゃなかったのか？


街道で、ガリードさんたちにしばらく一緒に行こうと言われた後。

森の中に入ってから、もう一度自己紹介をした。

「改めて言うな！　俺は討伐ギルドの特級パーティ、『深緑の剣』のリーダー、ガリードだ！　この通り大剣を使う。ちなみに種族は人族だ！」

威勢よく大声でそう言われ、「ガッハッハ、よろしくな！」と、また背中を叩かれそうになったので必死でよける。

ガリードさんは赤茶の短髪に、濃い茶色の目をしている。強面だから一見とっつきにくそうなのに、こうやって口を開くと豪快で誰とでもすぐ仲良くなれそうだ。

「私はさっき言った通り、エルフのリナリティアーナよ。弓と魔法を使うわ。あと薬も作っているわね」

リナリティアーナさんは金髪で、碧（あお）の瞳で切れ長の目をした美人さんだ。背が高くて手足が長く、スラっとしている。胸はスレンダー……いや、目を向けたらダメだ！

師匠とリナリティアーナさんのおかげで、俺のエルフのイメージは固まった。弓と魔法と薬だな！　外見は師匠が言っていた通り、全員美形ってわけでもなくそれぞれなんだろうけれど。

「あ、それと……おいで！」

空にリナリティアーナさんが手を伸ばすと、羽音とともに腕に一羽のフクロウに似た魔獣がとまった。

「この子はモランよ。よろしくね」

ふおおっ！　白くてもふってしている！

魔法使いに使い魔のフクロウか！　うん、エルフのイメージに追加だな。エルフの国にはもふもふもいるんだ！

「俺はノウロ。さっきも言ったけど偵察担当だ。短剣とショートソードを使うよ。黒豹（くろひょう）の獣人だ」

「ええっ！　だって耳と尻尾はっ！」

「フフフフ。俺が獣人と言うと、皆同じ反応をするんだよな。でもちゃんとあるのさ、ホラ」

　そう言って金色の瞳を面白そうに輝かせて、かがんで頭を見せてくれた。

　黒にも見える濃い灰色の髪の中に、小さめの黒い耳があった。ガリードさんよりは背は低いが、人混みの中でも頭半分出るし、髪色のせいで皆耳に気づかないのだろう。

　そして猫科の細くて長い真っ黒な尻尾も、ローブの中で腰に巻いていた。

「あらあら、アリト君は耳と尻尾が好きなのね？　でも飛びついちゃダメよ？　獣人は耳と尻尾を親しい人以外に触れられるのは嫌がるから」

「ううっっ。はい。すみません。気をつけます」

　ミリアナさんの言葉に、飛び上がりそうになる。揺れる尻尾から目が離せなかったのを、見破(みやぶ)られてしまった。

　ノウロさんはナイスミドルって感じなのに、長い尻尾が俺を誘惑してくるのだ。

「ウフフ。本当にアリト君は可愛いわね。私はミリアナ。攻撃魔法担当よ。種族は人族ね」

　そう言って、身長が俺とさほど変わらないミリアナさんは、俺の頭を撫でた。身じろぎして逃げようとしても、ミリアナさんの視線が……。

「まあでも、曽祖母(そうそぼ)は妖精族だったらしいわ。今は異種族の間に生まれた人が多いから、純粋(じゅんすい)な種族の方が珍しいわよね」

妖精族の血が入っているから、ミリアナさんは小柄で可愛い感じなのかな。だから若く見え……いや、うん、髪色はピンクブラウンで瞳が水色だ。目が大きくて、可憐な顔立ちをしている。うん、凄く可愛いです！

ミリアナさんの方を見ないようにして、半ばやけくそになりながら大きな声で自己紹介をする。冷気で恐らく自分の顔が青くなっているのは、気にしてはダメなのだ！

「俺はアリトです。さっき言った通り、エルフの薬師の爺さんに拾われたから、生まれも種族もわかりません。薬師見習いで修業中です。よろしくお願いします」

そう言ってお辞儀をすると、皆笑顔で応えてくれた。

――と、そんな自己紹介をした後に、昼までは薬草を採りながら進もう、ということになって森の中を街道に沿って歩き出したのだが。

ええと、リナリティアーナさんは、どうやって薬草や実を採っているんだ？

見回したら、向こうの方で木の上を飛び回って採取している姿が見えた。

あれに比べたら、俺の採り方は普通だよな？

俺は魔物や魔獣に対して警戒しながら木の上を気配を殺して飛び移る、なんてことは練習すらしなかった。師匠はやっていたけど、俺にはできる気がしなかったからな。

「リナリティアーナさんの方が、凄い採り方していますよね？　俺は普通に歩いて採っていますけど」

スノーには薬草を鼻で探してもらって、アディーには空から木の実を見つけてもらっているけれど、俺は普通に歩きながら薬草を採取している。

「はあー……。まあ、アリト君を育てたのがエルフの薬師だって聞いたからこそ、俺たちはこれで済んでいるんだよ？　普通は魔法でそんな簡単に自然に対して干渉できないからね？」

ええっ？　だって何もないところから現象を起こすより、自然に干渉する方が簡単だよな？

「そうそう。俺なんて魔法は苦手だからな。火と水さえ、ちょろっとしか出せねーよ！」

「まあねー。ガリード、貴方は貴方で、無意識に魔力で身体強化しているから、変なんだけれどね？　私としても、アリト君の魔法の使い方は凄く興味深いわ」

ノウロさん、ガリードさんに続いてミリアナさんがうふ、と笑ったけれど、俺の背筋には寒気が……。

「い、いやあのっっ！　俺、ほら、エルフの爺さんに教わっただけなんで、別にそんな興味を持たれることなんてっ！」

そ、そういえば普通の人の魔法の使い方とか、あんまりわかってないんだった！

でも俺は確かにイメージ力はあるが、魔力の扱いは訓練し始めて二年ちょっとだし、まだまだ未熟だよな？

「ふうん？　リナーっ！　アリト君が自分のはエルフならではの魔法の使い方って言っているけど、どうー？」

「んー？　呼んだ？　ミア」

ミリアナさんが呼んだら、リナリティアーナさんが木の上から降りてきた。

「アリト君が地面の薬草を採っているから、私は上のを集めてきたの。ほら、今の時期はレジーの新芽（しんめ）とかあるし、ね。後で交換しない？」

「おお、いいですね！　了解です」

それは嬉しいな！　新芽だけ摘むのは魔法を使っても無理だったから、『死の森』でもなかなか採るのは大変だったんだ。

「で、リナ。どうなの？　アリト君は」

「ああ、確かに私たちエルフは、自然に干渉する魔法は得意よ。だからエルフに育てられたなら、アリト君ができるのもあり得ないことではないわ」

そうだよな。師匠はそりゃー息をするように、自然に魔法を使って薬草を集めていたから。

「でもエルフでもこのくらいの年では、あれだけ魔法を使いこなすのは難しいわね。長命だから、ゆっくり学んでいくのが普通だし。そういう意味ではアリト君は特殊だと思うわ」

「ホラ、ね？　アリト君は面白いわよ。ふふふ」

ミリアナさんが満面の笑みを浮かべる。

「くすくす。慌てているのが顔に出ちゃうところを見ると、やっぱり子供なんだなって思えるのにね。ねえ、少し先に開けた場所があったから、そこでお昼ご飯にしましょう。アリト君もちょっと落ち着いた方がいいわよね？」

リナリティアーナさんにも笑われ、がっくりと肩を落として頷く。

「……はい。そうですね」

……うん、ちょっとゆっくり落ち着いてから考えないと頭がついていかない。このままだと盛大にボロが出そうだ。

リナリティアーナさんの誘導で、少し森を行くと開けた場所があった。

そこに着くと四人が手早く草を払い、あっという間に石を組んで火をつける。さすがの手際の良さだ。

「アリト君、お昼ご飯はどうするの？」

「……温かいもので落ち着きたいので、スープでも作りますよ。よければ皆さんの分も」

「そう？　じゃあお願いするわ」

頭を冷やすのに、料理はちょうどいいしな。

背負い袋から出したように見せかけて、カバンから鍋と街で仕入れた芋や干し肉をこっそり取り出す。

鍋を火に掛け、そこに干し肉と皮を剥いた芋を手早く切って入れ、さっき採った野草を刻んで加えた。量は五人分よりも多めだ。イーリンの街で大きめの鍋も買ったし。

「あ、串焼きを多めに買ってあるので、皆さんもどうぞ」

煮えるのを待つ間に、火の回りに街を出る前に買った串焼きを刺して温める。

灰汁をすくいながらしばらく煮込み、ハーブと塩を加えて味を整えた。

「そうだ、お皿をお願いします。俺は枚数がないので」

スープができ上がり、よそおうとして皿がないことに気づいた。

「ああ、すまないな。これを使ってくれ。でも凄いな。美味しそうだ」

ノウロさんが満面の笑みで荷物から皿を渡してくれた。ひくひくと鼻が動いているから、スープの匂いで期待が高まっているみたいだ。

「凄いわね、アリト君。あっという間に美味しそうなスープが……」

「うんうん。アリト君って何でもできるのね。もうお持ち帰りしちゃおうかしら？」

えっ？　お、お持ち帰り？　ミリアナさん？

「ガッハッハ！　俺らは皆、まともに料理できないからな！　よくこの年までそれで生きてきたもんだよな！」

ああ、なるほど、そういうことか。でも……。

ちらりとミリアナさんを見ると、予想通りいい笑顔をしていた。

「あらぁガリード。どうせ今はそんなにパーティとして活動していないのだから、これを機に、貴方が料理修業をしてくれてもいいのよ？　私たちのために美味しい料理を作れるよう頑張って？」

「はあああああっ！　こんなちまちました作業をこの俺ができるわけないだろうがよっ！」

ポンポン言葉が飛び交うのを恐る恐る横目で見ながら、料理を盛り付ける。

「まったく、毎回こんなことやっていてよく飽きないわよね。ありがとう、アリト君。持っていくわね」

リナリティアーナさんとノウロさんは口論する二人のことなど気にも留めず、食事の準備を進めていた。

「ありがとう、アリト君。串焼きまで悪いね。代わりといってはなんだけど、これをあげよう。このパンは、あの街に行くといつも買うんだ。食べてみてくれ」

「あ、ありがとうございます、ノウロさん」

手渡されたパンを受け取り、自分の分のスープを手にしたものの、まだ言い合いをしている二人を見てどうしたものかと迷う。

「ほら、ミアもガリードも。せっかくアリト君が作ってくれたのに冷めるわよ。早くいただきましょう」

　するとリナリティアーナさんが二人を止めて皿を渡してくれた。

　そんな四人の姿を見ながら、食事をしても落ち着けるのか？　と思いつつ、地面に座ったのだった。

第十二話　討伐ギルドと特級パーティ

　とりあえず落ち着くために、湯気が立つスープを一口。

　うん、美味しい。野菜と干し肉から出たうま味が、ハーブと塩でまとまっているな。温かい物がお腹に入ると、ホッとする。

　よし、今度はノウロさんに貰ったパンを。お、美味い！　硬パンじゃなくて、少し柔らかいし小麦の味がちゃんとする。どうやって作ったんだろ、これ？

「うわっ、このスープ美味しい！　今ささっと作ったヤツなのに！　凄いわね」

「本当、すっごく美味しいわぁ。やっぱりアリト君はお持ち帰りかしら？」

　おお、やった。リナリティアーナさんとミリアナさんには好評だな。良かったよ。

　でもミリアナさん……俺はテイクアウトメニューにはないぞ？

「おう、うめーな、これは！　野外でこんなうめー飯を食べられるなんて思ってもみなかったぜ！」

「ああ、本当だな。アリト君、このスープ美味しいよ。ありがとう」

ガリードさんとノウロさんも満足そうだ。

「気に入ってもらえて良かったです。俺、料理は得意なんですよ。このパンも美味しいですね。あ、よかったら串焼きも、もう一本ずつどうぞ」

「ありがとう、いただくよ」

皆わいわいと美味しい、美味しいと言って食べてくれている。こうやって大勢で食べるのは、久しぶりだ。

はあー、しかし。この人たち……確か、『深緑の剣』だったっけ？　いい人たちみたいだけれど、なんで俺のことをこんなに構ってくるんだろうな。

まあ、目的地を言ってないから、途中で別れて別の街に向かえばいいのか。

イーリンの街から王都までの間には、確かいくつもの村と、街も一つあった。そのどこかで別の場所を目指すと伝えれば、問題なく別れられるだろう。

「そういえばアリト君。あの宿の食堂での様子だと、もしかして街は初めてだったの？」

「は、はい。森のそばで育ったので、近くの小さな村にしか行ったことがなかったんですよね」

『死の森』近くの、という設定も削ってみたぞ。これで怪しまれないよな？

「ああ、だから色々慣れてねぇんだな。で、なんで出てきたんだ？　まだ成人前だろ？」

「爺さんに追い出されたんですよ。世界を見てこい、スノーもアディーもいるから大丈夫だろうって。まあ確かに、薬草を採りに結構森の奥まで行っていたので、旅をしていても不自由はないです。だから薬草と薬を売りながら、色々なところを巡ってみようと思っています」

よし、これならうっかりどこかで会ってしまっても、言い訳できるだろう。討伐ギルド員だとあちこちに行っているだろうし、どこかでバッタリ、なんてこともありそうだからな。

「なので、色々世間知らずなんですよね……。討伐ギルドのことも、ほとんど知らないんですが、ガリードさんたちのパーティの特級って、かなり上の階級なんですよね？　というか、階級があるんですね、討伐ギルドには」

「討伐ギルドは、街か大きな村にしかないからね。その環境では知らなくても当然だよ」

うんうん、と納得してくれたノウロさん。

オウル村には本なんてなかったし、辺境で知識を得る手段など、行商人から話を聞くくらいなものだ。だから知らなくても大丈夫……だったはずだよな。

「あー、まあ私たちのことはとりあえず置いておいて、討伐ギルドの説明をした方がいいわよね？」

リナリティアーナさんの言葉にミリアナさんが頷く。

「そうね。討伐ギルドは、個人や村や街、国などから依頼を受けるわ。魔物や魔獣の討伐依頼や、あとは素材や薬草などの採取依頼とかがあるの。討伐ギルド員は、その依頼を受けて魔物や魔獣を狩ったり、様々な採取をしたりするのよ。まあ基本は、戦う力のない一般人ではできない、街の外へ出る仕事をするのが討伐ギルド員ね」

ミリアナさんの説明を聞く限り、討伐ギルドは想像していた通りだな。

「それでね、魔物や魔獣が相手だから、ランクによって討伐依頼を受けられる範囲が決まっているの。ほら、成人したての若者が、森の奥の魔物を狩ってきて欲しいなんて依頼を受けたって、死にに行くようなものでしょう？」

ああ、ランクは死人を出さないための制度ということかな？　まあ依頼を受けていなくても、道中で強すぎる相手に遭遇する時はあるだろうけど……。

「まあー、誰かさんはね。『俺が一番！』なんて粋がって田舎から出てきて、無謀にも森に突撃していってね？　まんまと死にかけたのよ。ねー、ガリード？」

あー。運が悪いんじゃなくて、自分から行っちゃったパターンか……。まさに黒歴史的な？　うっわー、それ暴露しちゃうのか……。

「うげっ、なんだよミア！　どうしてさっきから俺に突っかかってくるんだ！　そんな古い話まで持ち出しやがって」

　怒るガリードさんの隣で、リナリティアーナさんは当時を思い出したのか、笑みを浮かべた。

「フフフフ。その時に私が偶然通りがかって助けたから、今こうしていられるのよね？」

　ほほー。パーティにエルフのリナリティアーナさんがいるのは、そういうわけだったんだな。運命の出会い？　っていうか、偶然ということなら俺も同じか……。

「リナまで！　なんだよ、なんだよ。ノウロ、ちょっとは何か言ってやってくれよ」

「いやいや。若き日の過ち(あやま)にしても、あんまりだと思うな、俺も」

「うっわー、ノウロまでか‼　なあアリトにもあるだろ？　なんかこう、『俺はやれる』って気持ちが！」

「いやー、俺は命が一番大事なので。できる限り安全にいきたいですね」

　うん、ないな。『死の森』に一人で入る、なんて絶対やらない。日本にいた頃は、裏山にだって奥に行く時は祖父か祖母と一緒だったぞ。

「ほーらみなさい！　大体アリト君とガリードが同じレベルなわけないでしょ！　成人前でもこんなに落ち着いているのに」

「そうだな。アリト君に同意を求めるのは間違ってるな」

　ミリアナさんもノウロさんも、呆れた表情だ。

「くっそーー！　皆で何だよっ！　俺はリーダーだぞっ！」

「「「あー、はいはい」」」

ぷっ。思わず笑いがこみ上げてきて、噴き出してしまった。

「皆さん、仲が良いですね。ずっと一緒のパーティだったんですか？」

「あっ、ごめんね、アリト君。話が大分逸れちゃったわ。まあ、なんだかんだでその頃からの付き合いね。で、討伐ギルドの階級よね。ええと、未成年は仮登録だから、魔物や魔獣の討伐依頼は受けられないわ。街の中で薬草の仕分けや解体の仕事をして勉強するの。で、正式登録すると階級がつくのよ。初級、中級、上級、特級、ね。初級は近場の採取依頼まで。中級は近辺の討伐依頼まで。上級は森の奥並みの魔物や魔獣が倒せることが条件で、特級になると国をまたいで仕事ができるのよ。国から直接依頼されることもあるわ。街で見かけるのは初級から中級の討伐ギルド員がほとんどよ」

今のリナリティアーナさんの説明からすると、森へ入るのも中級からってことか。

……普通の森でもそれくらいのレベルが必要ってことは、やっぱりスノーとアディーと一緒とはいえ、『死の森』に入っていた俺は相当特殊だってことだよな。まあ、俺一人では、普通の森の奥へも恐らく行けないだろうけど。

ちなみに商人ギルドは行商が普通なので、国をまたいで大陸全土で活動している。だが討伐ギルドは国ごとの組織で、国をまたいで活動することは基本できないらしい。これはセルスさんから街の情報と一緒に教わっていた。旅をする俺にとって商人ギルドは都合がいいので、タドリーさんに勧められるまま商人ギルドで登録した、というわけだ。

「へえー、それじゃあ特級パーティである皆さんは、凄い人たちだったんですね！　すみません、俺、全然知らなかったので……」

もしかしなくても、この人たちは有名人だってことだよな。国から直接依頼される特級クラスなんて、大勢いるわけないし……。

かなり強いだろうな、とは魔力操作を見て思っていたけれど、そこまでだったとは……。

でも、だったらなんで俺なんかに目をつけたんだ？　スノーがいたからか？

「いや、別に凄いってわけじゃあないぜ。長いことやっていただけで。今はさすがにそんなに活動していないしな！」

「そうそう。特別な依頼とか、断れない相手からの依頼があった時にしか活動していないのよ、今は。今回も王都に報告に行けば、またしばらく解散なの。子供もいるし、もうお金に困っているわけでもないもの」

「ええっ！　ミリアナさん、お子さんがいらっしゃるんですか‼」

あ、やばっ！　つい言っちゃった。

まずいと思ったのが顔に出てしまったのだろう、ミリアナさんはニヤリと笑った。

「ふふふふ。もう仕方のない子ね。今のは見逃してあげるわ。旦那も子供もいるわよ？

男の子と女の子一人ずつね。上の子はもう成人なの。だからアリト君は、私の子供でもおかしくないのよ？」

「あ、あはははは……。そ、そんな大きなお子さんがいるなんて全然見えませんね、本当にオワカイデス」

くっ。冷や汗が目に入る……。ミリアナさんを見るのも怖いけれど、目を逸らすのも怖い！

「ほらミア、そんなにアリト君をからかわないの！　私以外はみんな結婚して子供もいるのよ。家も別々の街にあるし。私はまだ結婚しようって気になれないから、こうやってフラフラしているのよね」

まあ、リナリティアーナさんは長命だからな。人生設計も人族とは違うんだろう。

「へえー、そうなんですね。討伐ギルド員って、ずっと各地を巡っているイメージだったんですけど、考えてみれば家庭を持つ人だっていますよね。家庭を持つのって、俺にはまだよくわからなくて……驚いてすみませんでした」

うん、これでも中身は三十過ぎだけれどな！

日本では、まったく結婚とは縁がなかった。こっちでは結婚することができるんだろうか……。

まあ、ダメでもスノーがいるし。もふもふを集めてスローライフが目標だしな……って、そんなことを言ってるから結婚が遠ざかるんだよな……。

「あっ……。ごめんなさい。アリト君、拾われたって言っていたのに……」

「そうよね。ごめんなさいね。あっ、そうだ！　私と一緒に家に帰りましょう！　うちの子にします！」

リナリティアーナさんとミリアナさんが謝ってくれたけど、事実とは違うので、むしろこっちが申し訳なくなる。

「いや、大丈夫ですっ！　拾ってくれた爺さんがすっごくよくしてくれたので、全然寂しくなんてなかったですから！　今も愛情をもって追い出してくれたんですって！」

まあ、実際に祖父母は愛情を持って育ててくれたし、師匠も本当によくしてくれたからな。その点では、俺は幸せ者だと思っている。

それはともかくとして、ミリアナさんに狙われ過ぎて怖いんですが……。

「なあ、アリト、お前はどこを目的地にしているんだ？」

「王都に行って、図書館で色々勉強しようと思っています。俺、世間知らずなんで」

あっ、うっかり流れで本当のことを言っちゃったよ……。

「よしっ、それは良かった！　今、決まってないなら王都に行けって言おうと思ったんだ。それに図書館が目的ならちょうどいい。俺たちはずっと王都を拠点に活動していたから、パーティで所有している家があるんだ。今聞いての通り、リナ以外は王都に行った後に皆自分の家に戻る予定だがな。せめて王都にいる間は、俺たちの家にいるといい。部屋も余っているし。リナもしばらく王都にいるんだろ？」

「ええ。私も今回受けた依頼の他に用事があるから、報告が終わっても王都にいるつもりなの。アリト君、一緒にあの家を使いましょうね？」

と、にっこり笑うリナリティアーナさんの笑顔は、まぶしいくらいに美しかった。

「そうだな。うん、そうするといい。俺の家は王都のすぐ近くにあるし、アリト君よりちょっと小さい子供がいるから、後で連れて顔を出すよ」

「私も下の娘を連れていくわ。ふふふ。気に入ったら遠慮なくうちの子供になっていいからね？　アリト君」

ノウロさんっ！　ミリアナさんっ‼

俺、まだお願いしますとは言ってないんだけど！

「えっ、いや、ちょっと待って……」

「おう、決まりだなっ！　俺たちの依頼達成の通知はもう先触れで出してあるから、のんびりしたものなんだ。王都までよろしくな、アリト！」

「ええぇっ、決まりって、俺はいいとは言ってな……」

「「決まりです」」

「えええええっっ⁉」

……これはどういう状況なんだろうか？

まあ、スノーもアディーも何も言ってこないし、王都まで一緒に行くしかないのかな……。

◆　◆　◆

「へえー、アリト君の採った薬草、凄くいい状態ね。あ、ザラルの実もあるのね。これはどうするの？」

「リナさんの採ってくれた薬草も凄いです。これならいい薬になりますね。ザラルの実は干し果実にしようかと思っています。そのまま食べてもいいのですが、パンもどきに入れても美味しいですよ」

「それは楽しみね！　アリト君の作ってくれる食事は全部美味しいもの。パンもフライパンで作れるなんて思わなかったわ」

「まあ、パンもどきですけどね」

『深緑の剣』の四人と一緒に旅をし始めて四日が経った。

今日の夕方、イーリンの街から二つ目の村に着いて、無事に宿をとったところだ。

この次に向かう街は王都の一つ手前になる。だからその街で薬草や薬を売って路銀にするため、これまで採った薬草をリナさんと部屋で交換していた。

「じゃあペルナ草、シラン草、ギラン草、あとアリゾン草とドゥーカ草、オハラ草、ハラルの葉とジリスの根と、私の集めた新芽と薬草を交換ってことでいいかしら？」

「はい、大丈夫です。使うだけ持っていってください」

とりあえず薬はまとめて作っておいて、王都でも売ろう。お金が稼げるところを見てもらえば、王都でお邪魔することになっても、家の滞在費を受け取ってもらえるだろうし。

「じゃあ、これだけ交換してもらうわね。いつもより色んな種類の薬草が集まったから助かるわ。私も薬を作ってしまうわね」

「はい。こちらこそ助かります。では、部屋へ戻りますね」

リナさんと別れて、足元で大人しく待っていてくれたスノーと一緒に自分でとった部屋に入った。

ふう。あの人たちは、いい人たちなんだけれど……。

一緒に歩いたこの四日間のことを思い出す。本当に色々なことがあった。いい大人が！と何度思ったことか。

なんだって特級パーティのリーダーのガリードさんが、ああも落ち着きがないのか……。

まず食事。初日に出した昼食を、美味しいと言って食べてくれたのはいいのだが、どんだけ食べるんだ！ってほどに食べまくった。

多めに作ったつもりだったスープはあっという間になくなり、追加で野草と肉を炒めて出したのだけど……それも平らげるとおかわりを要求され、また作っては綺麗に完食され。

そして美味しい食事に張り切ったガリードさんは、森や林の中を薬草を採りながら歩いているのをいいことに、狩りに乗り出したのだ。せっかく美味しい食事を作ってくれるなら、干し肉じゃない肉料理もたくさん食べたい！　と言って。

森の奥まで一人でフラっと行って、大きな猪型魔獣を狩って担いで戻ってきた時は呆れたよ。それを解体して、突如焼肉パーティーをすることになったし。

あの時、ちょうど採れた果実で、肉を漬け込んで味付けしたのがまずかったんだよな……。

「こんな味食べたことない！」って大はしゃぎしてさ。

そんな調子だから、毎食パンを食べ過ぎて三日目には足りなくなり、仕方なくフライパンでパンもどきを作って出したら、また美味しいと言って取り合いになり……。

パンもどきとは、天然酵母を使った小麦粉の生地をフライパンで焼いたものだ。ふんわりしたパンとまではいかないが、ナンを厚くした感じでやわらかい。ここでは天然酵母なんてなく、パンは硬いのが普通だから大喜びされたのだ。

天然酵母は、糖度の高い果物を干し、それを瓶に水と一緒に入れて発酵させて作ったものだ。以前に作り置きしてカバンに入れてあったのを、仕方ないからこっそり使った。

あの人たち、よく今まで旅をしていて大丈夫だったよな……。普通、旅先で考えなしに食料を食い尽くすか？　自給自足できるメンバーだから、食いっぱぐれることはないだろうけど。

まあそんな感じで、昨日まではずっと野営をしていた。夜は、皆そこはベテランだから何かあれば起きるし、スノーもいるからまったく心配なかったがな。

野営の間、様々な討伐の旅の話も聞いた。

なんでそんなベテランパーティが歩いて移動してるんだ？　と疑問に思って聞いたら、特別な依頼しか受けなくなった時に、パーティで持っていた馬車は手放したそうだ。

今は遠方の依頼を受けた時には貸出馬車を利用しているが、今回は近場だったし久々に全員揃っての仕事だったから、帰りはのんびり歩くことにしたらしい。

それで俺とたまたま出会い、一緒に行くことになったわけだが……秘密を抱えている俺としては、正直微妙(びみょう)な気持ちだ。

まあ最初は戸惑ったけれど、今では王都を出るまではこのままでもいいかなとは思っている。

四人からすれば、俺は見た目通りにまだ成人前の子供だからか、凄くかまってくれるのだ。

料理が美味いと言い、薬草を採るのが上手だとか、魔力操作がスムーズだとか褒めてくれる。

それに、森での獣の狩り方や、地形を見て薬草が生えているところを予測する方法、攻撃魔法を発動する時のコツなど、旅に必要な知識を何かと教えてくれたりもする。

そしてガリードさんには乱暴に頭を撫でられ、ノウロさんには肩を抱かれ、ミアさんには腕に抱きつかれ、リナさんには手を引かれて連れ回された。

多分彼らは、俺に父と母の温かさを、人の温もりを少しでも身近に感じられるように気を配ってくれているのだろう。

でも、俺のことを無理に聞き出そうとはしない。そんな適度な距離感と温かさが、どこか心地好く感じてしまっていた。

オースト師匠は、厳格で温かく導いてくれた祖父母と同じ温もりをくれた。四人と接することでそれを思い出し、人恋しくなっているのだろうか？　……それとも、身体に心が引きずられているのか？

……まあ結局のところ、俺はあの人たちのことが好きになったんだろうな。たかだか会って四日なのに。

随分濃い四日間だったから、四人の人柄に惹かれてしまったのだ。おかげで「他人行儀にフルネームでなんて呼ばないで？」と言われて、リナさんとミアさんと呼ぶようになってもいる。

『アリト、どうしたの？　何かあったの？　考え事？』

「んー、いや。なあスノー、アディー、あの人たちのことどう思う？」

『一緒に来た人？　アリトへ敵意も悪意もないよ？　なんかアリトのこと撫でたいみたい。で、スノーもちらっと見られるの。すこーしなら触られてもいいよ？　アリトにはいっぱい撫でてもらいたいけどね！　えへへ』

『フン。スノーの言う通り、敵意も悪意もないぞ。相手に下心でもあれば気づくが、それもないな。モランというあのエルフの従魔は気に食わないが』

ぷぷっ。アディーはツンツンしていても可愛いところがあるよな。

歩いている間、アディーには偵察と上から見て採取する植物があれば教えてもらっているが、最近はモランと張り合うかのように、木々の間を飛んではどこに何があると絶えず報告してくるのだ。

『ぬ。お前今、何か気持ちの悪いことを考えなかったか？』

「いやいや、何も考えてないよ？」

とまあ、スノーとアディーは魔獣としての能力が高いから、自分や俺に対する敵意や悪意、下心さえも察知して報告してくれる。

イーリンの街でも、商人ギルドで薬草と薬を売った後に、悪意を持ってつけてきた人もいたのだが、すぐに二人が察知してくれて撒くことができた。だから、騒ぎもなく街を出られたのだ。

『このまま王都まで一緒に行くのだろう？』

「うん、そうしようかな、って思っているよ。王都に着いてからの予定はまだ決めてないけどね」

『ふん、まあいい。では俺は夜の見回りに行く。モランのヤツには任せておけんからな』

「あ、うん。よろしくな」

アディーもモランも、昼夜関係なく視界は良好みたいだが、イメージとしては梟系魔獣のモランの方が夜は得意そうなんだけれど。

『ねーねー、アリト。ブラッシングいっぱいしてー』

「ああわかったよ、スノー。だけどちょっとだけ待っててくれな。街で売る分の薬を作りたいんだ。スノーも水を出したりして手伝ってくれるか？」

『うん！　スノー、アリトのこと手伝うの！』

「ありがとうな。じゃあささっと作っちゃおう」

荷物からイーリンの街で買った道具を並べ、次々に薬を作り出していった。

もちろん、その後はスノーをたっぷりブラッシングしてもふもふしたし、そのお腹に寄りかかって植物図鑑を見てから寝た。肉球ぷにぷにも癒しだよなー。

◆　◆　◆

次の日の朝は村を出立する前に、食料を買うため朝市に寄ることになった。

「おう、アリト！　あれなんてどうだ？　おお、こっちも美味そうだな！　いっぱい買っていくか！」

「ちょっと待ってガリード！　そんなにたくさんいらないでしょ！　次の街までゆっくり歩いたって二日で着くのよ。いくらなんでも食べきれないわ」

そんなミアさんの忠告に、ガリードさんはきょとんとした。

「そうかー？　アリトの作ってくれる飯は美味しいからな！　たくさん食べたくなるだろ？　荷物なら俺が持つからよ！」

「ガリードは狩りまでして、肉も調達してくるだろうに。全部は食べきれないだろ。ごめんな、アリト君。なんかバカがいて」

「うわ！　ノウロ、お前だって美味いっていっぱい食ってるじゃないか！　しれっとした顔しやがって」

「……あなたたち、いい歳して騒がしすぎるわよ。ねえ、アリト君」

「アハハハハ……」

リナさんの言葉には、笑うしかないよな……なんかはしゃぐ子供を見ているようだ。

「あー、街では売っていないものもあるかもしれませんからね。少しずつ、色んな種類の野菜を買えばいいいんじゃないですか？　味の楽しみが広がりますし、ほどほどの量で済むでしょう」

「おお！　アリト、それはいいな！　ちょっと買い集めてくる！」

うきうきとあちこちの露店を覗いて回るガリードさんに、ぶんぶん振られている尻尾が見えるのは気のせいじゃないだろうな。

「ごめんねー。アリト君の作ってくれるご飯が美味しいから、なんかガリードが張り切っちゃって。でも本当に美味しいから、私もつい食べ過ぎちゃうのよ」

「リナさん。まあ、皆さんが美味しいって食べてくれるから、作り甲斐はありますよ。昨日は薬、作れましたか？」

「ええ。薬草がたくさんあるから助かるわ。王都のギルドに頼まれていたものもあったのよ。今日から次の街までちょっとした山道になるから、たくさん採りましょうね！　今だとネギル草が生えているはずだし、多めに採りましょう」

「はい、頑張ります！　薬草を採って薬を作れば、旅費には困らないから助かります」

「ふふふ。本当にアリト君はしっかりしているわ。あっ、ガリードが戻ってきたわね。荷物を分けたら行きましょうか」

「はい」

リナさんはパーティで活動していない時は、あちこちで薬草を採って薬を作り、ギルドに卸したりしているそうだ。色々な場所の薬草に詳しいから、凄く勉強になる。

今日と明日は、それほど標高はないが山越えになる。それを越えて次の街に着けば、王都までは三日。もうすぐだ。

これまでの道のりで遭遇したのは、ガリードさんが狩ってきたせいぜい中級の魔物くらいだ。魔力濃度の高い強力な魔物が出るような場所は、かなり迂回して街道が作られている。山越えといっても街道がある場所だから、それなりに安全なはずだ。

山地にしか生えない薬草もあるし、それを採るのを楽しみに、村を出て山へと歩き出した。

第十三話　魔物と討伐者

なだらかな山の中にある踏み固められた街道を外れ、木々の間に分け入って薬草を採りながら歩いている。

この時期の山に生えるネギル草は、見たことがなかったから図鑑で調べておいた。

ネギル草は、咳止めや呼吸の安定薬の材料になるらしい。『死の森』では見かけなかった薬草だけに、張り切って採っている。

リナさんも今日は木の上ではなく、少し離れたところで薬草を採りながら歩いていた。

ガリードさんはまた獲物を狩りに、張り切って山を登っていってしまった。

ミアさんとノウロさんも、俺たちの後ろをキノコや野草など、食べられるものを採りながらついて来てくれている。

なんだかすっかりいつもの旅なのだが……。特級パーティがこんな旅路でいいのだろうか。

『アリト、あったの！　ここ、ここー』

「お、スノーありがとう！」

枯れ葉を払い、魔力で土を動かしてゆっくりと葉を持って引き抜く。

このユリネアは球根が薬になる。山にしか生えないから、図鑑で調べておいたものの一つだ。

「いいのが採れたよ、ありがとう、スノー。また頼むね」

『えへへへへ。褒められたの！　また探してくるの！』

嬉しそうなスノーの頭を撫でていると、アディーからも念話が入った。

『おいアリト。なんだか魔物に追いかけられているヤツらがいるぞ。人が二人だな。武器を持っているみたいだから、そいつらと同じ討伐ギルド員だと思うが』

「ええっ、アディー。どんな状況だかわかるか？　ここからどれくらい離れている？」

襲われていると聞いて、思わず声に出してしまった。

「ん？　アリト君、どうしたんだい？」

『そこから結構奥に入ったところだな。お前から見ると左方向に登ったところだ。攻撃しながら逃げているが……。あ、今片方が魔法を使ったぞ』

ドウンッ‼

アディーの言葉にかぶせるように、左手の方向から爆音が響いた。

そして木々の間から、飛び散る火花が見える。

「なっ！　火魔法を使ったのかっ！　こんな山でバカかっ！」

ノウロさんは口を歪め、煙の上がる方向を見つめる。

「もしかして今の音！　ノウロさん、ミアさん、今アディーから報告が来たのですが、恐らくあの爆発のところで討伐ギルド員が二人、魔物に追われています。今のはそのうちの一人が、魔法を使ったそうです」

「なんですって！　森や山では火魔法は厳禁だって、討伐ギルドでは初歩の初歩で習うことよっ！　そんなバカはどついてやるわ！　行くわよっ！」

ミアさんとノウロさんは山の中だというのにすいすい走っていき、あっという間に木々の間に姿が見えなくなる。

「スノー、行くよっ！」

『わかったの！　アリト、スノーが先に行って倒す？』

『いや、一緒に行こう。場所がわかりそうなら先導してくれるか？』

『うん、わかるの！　魔力たどっていくの！　スノーを追って一気にダッシュする。

魔力を循環させて足の周りに纏わせ、スノーを追って一気にダッシュする。

スノーがすでにノウロさんとミアさんの前を走っているのが見えて、声を上げた。

「スノーに先導させます！」

「ありがとう、アリト君。急ぐよっ」

風魔法でさらにスピードを上げるが、それでも前を行くノウロさんとミアさんには、追いつく気配がない。

ふと前を見ると、木々の間を跳んでいるリナさんの姿があった。

山の中とは思えない速さで全員が走っていくと、すぐにざわめく魔力の気配がした。

「うわぁっ！　来るな、こっちに来るなぁっっっ‼」

「くっそーっ、こんな、こんなはずじゃなかったのにっ、なんだって倒れねぇんだよっ！」

人の叫び声と、枝が折れる音、そして魔物が走る地響きがした。

「グゴォオオオオォッ！」

「来るなあぁあっっ！」

叫びとともにまた魔法を使ったのだろう爆音が響き、木々の間にはっきりと揺らめく炎が見える。

「グガアアアッ‼」

「うわぁっ！　何で効かないんだよっ！　やめろ、こっち来るなぁっ！」

「うわあああぁぁああぁあっっ！」

やっと視界に現状を収めた瞬間、半狂乱の男性二人に今にも襲い掛かろうとしていた魔物が、真っ二つに切り裂かれた。

「こっのバカどもがぁっ！　何やっているんだ、お前らはっ！　こんな街に近い山の中で、火魔法を使うなんてっ！」

そう、走る魔物の後ろから、ガリードさんが大剣で切りつけたのだ。

ガリードさんの背にある大剣は刀身が俺の身長ほどもあるのに、それを木の枝に当てずに魔物だけを一撃で切り裂くなんて、さすがの腕前である。

「ほんっとうに、バカとしか言いようがないわよっ！」

ガリードさんに注目していたら、その隙にもう一匹の魔物もあっという間に倒された。

ミアさんの手から風魔法が放たれ、切り裂かれた魔物の血が空に舞ったと思ったら、地面に魔物が倒れたのだ。

倒れた魔物の横には、ショートソードを持ったノウロさんの姿があった。恐らく、風魔法だけでなくノウロさんの斬撃もあったんだろうけど、動きが全然見えなかったな……。

「グルガアッ！」

「ピューイッ‼」

「うわっ！　なんだ？」

スノーに押されて尻餅をつくと、急降下してきたアディーが鳴き声とともに嘴で何かを攻撃した。そしてとどめにスノーが飛び掛かり、一息に首を噛み切る。

『アリト、危ないの！　油断しちゃだめなの！』

『おいアリト。気を抜き過ぎだ』

スノーの足元にある猿のような魔物の死骸を見て、この騒ぎに紛れて近づいていた魔物に、俺が襲われそうになったところを二人が助けてくれたのだと気づいた。

「ごめんっ！　すっかり油断していたっ！　ありがとう、助かったよ」

『死の森』を出てからほとんど魔物の姿を見かけることがなくて、旅に出るためにせっかく森で修業をしたというのに、警戒することを忘れていたのだ。

「スノーちゃんとアディーはさすがねぇ。ごめんなさいね、反応が遅れちゃったわ」

「うん、ごめんな、アリト君。でも君の従魔たちは凄いな。投げる間もなかったよ」

その声に振り返ると、発動しようとした魔法を止めたミアさんと、短剣を振りかぶるノウロさんの姿があった。二人とも猿の魔物にも気がついていて、けれどスノーとアディーの方が早く動いたということだろう。

「は、はい。すみません、気が緩んでいました。スノーとアディーにも怒られました」

外にいる時は、警戒を怠らない。それを心掛けていたのに、今も魔物二匹と襲われていた二人の魔力の気配にあてられて、この周囲の魔力を感じ切れていなかった。やっぱり俺は、荒事の中に身を置くのは向いていないのだろう。

「本当よ。油断しちゃダメよ？　でも、山の中を私たちに遅れずについて来られるだけでも、凄いことなのよね。遅れそうな時はフォローしようと思ったのに、出番がなかったわ」

リナさんはそう言って慰めてくれた。

走っている時はまだしも、戦いの時の特級パーティの皆の動きは、ほとんど目で追えなかったけどな。

師匠といい、この人たちといい、俺の周りには強い人たちばかりいるな。

「まあ、無事ならよかっただろ。ったく、せっかく大物を獲ろうとしていたのによ。騒がしいから来てみれば……。面倒だ、こんなバカども、ここに置いて行くか？」

「ひいっ！」

あ、忘れていた。そういえば襲われていた人がいたよな。

見れば、あちこち服が破れてボロボロになり、血が滲んでいる十代後半の男二人が地面にへたり込んでいる。

「た、助けてくださいっ」

「まあお礼も言えないし、山の中で火魔法を使うおバカさんなんて、確かに連れて歩きたくはないわよねぇ？」

あ！　さっきのこの人たちが使った火魔法の火は……と慌てて周りを見回したら、焦げた跡はあったけれど、全て鎮火していた。

ほっとすると、ニコっと笑うリナさんの顔が目に入る。

あー、リナさんが木の上を飛び移っていたのは、上から状況を把握して火への対応をするためだったのか。

「「あ、ありがとうございました」」

地べたに座り込んだ二人のことを四人が囲むと、やっと這いつくばるようにお礼を言った。

「ふん。状況は聞くまでもないけれど。どうせ君たちは自分たちなら大丈夫、魔物も倒せる、とか粋がって山の奥に入り、魔物と出くわして攻撃しても全然通じずに逃げ出した、ってとこだろう？　山の中なのに火魔法まで使って、ね」

おおう。凄い切れ味ですね、ノウロさん！

「「うっ」」

「そういう子、いつまでも減らないわよねぇ。先輩たちの話は聞くものよ？　街の外に出たきり戻ってこなかった、なんて話はそれこそいくらでもあるんだから。むしろ戻ってこられる場合の方が少ないのよ？」

しみじみとリナさん。まあそうだろうな。似たような話を最近聞いた気が……と、ちらっとガリードさんの方を見ると、うっと呻いていた。黒歴史ですね、わかります。

「運が良かったわね、では済まされないわよ。ちゃんとウェイドの討伐ギルドへ突き出してあげるわ。覚悟しておきなさい。ちなみに私たちからは逃げられないわよ？」

「……うう」

ウェイドというのは次の街だ。今からこの二人を連れて街道まで戻るのか……。うーん。ボロボロの二人を見る。気は乗らないけれど、治療は必要だよな。

「リナさん、この人たちの傷、どうしますか？」

「そうね。とりあえずは、この魔物を解体しちゃいましょう。その間は反省させるためにも放置でいいわ」

「わかりました。では解体しちゃいます」

一応治療をしないと、歩けなさそうだからね。あとで俺かリナさんがするしかないだろう。

「え？　子供？」

男の一人が小さく呟くと、ガリードさんが睨みつける。

「アリトはおめぇらよりも全然強いっての！　そこの従魔に気がついてねぇのか？」

「え？　従魔？　……ひいっ!!」

「ぐるるるる」

「ヒューーーーッ」

いつの間にかスノーとアディーがそばに来て威嚇していた。まあ、それも放置で。

とりあえず、さっさと解体しよう。

でも、なんであの小さいサイズのアディーで、あんなに威圧感があるかな……。声はキレイなんだけれど。


結局三匹の魔物を皆で手早く解体して、持てる分の肉と素材を残し、あとは処分した。

その後は二人を治療して追い立てながら歩かせ、山を登り切ったところで街道に出た。

そこから日暮れまで歩き、山を下りるとそこで野営することになった。

名乗ることさえ拒否されて、さんざんバカ呼ばわりされた二人は、予想通り討伐ギルドの初級討伐員だった。初級で山の奥に入るのは無謀で、ギルドの規定違反でもある。だから罰則もあるそうだ。

「皆さん、食事の用意ができましたよ。さっき解体した魔物の肉がたっぷりあるので、どんどん焼きますから。各自スープとパンを持っていってくれますか？」

「おう、わかったぞ。ああ、あのバカたちはスープとパンだけでいいからな。逃げることしかできなかった魔物の肉なんて、やる必要はないぞ」

ガリードさんは冷たく言い放つ。

二人は逃げている間に荷物をなくしたらしく、もちろん食料も持っていなかった。今は、野営場所の隅でノウロさんとミアさんに監視されている。

「じゃあ、スープは全員分よそいますので。さあ、食べましょう」

「ああ、楽しみだな。アリトの作ってくれる飯は美味いからよ！」

そうして野菜たっぷりのスープとパン、焼肉というメニューの夕食を無事に食べ終えた。

解体して多めに持ってきたと思った肉は、結局半分以上食べてしまった。

……胡椒を隠し味にした塩ダレと、果実の搾り汁を使った甘めのタレの二種類に漬け込んだものを用意したら、皆大喜びで食べまくったのだ。本当は塩味だけにするべきなのだが、つい味付けをしたくなってしまった。肉が硬そうだったしね。

おかげで、無謀な二人のせいで剣呑としていた雰囲気が明るくなったから良かったけどな。

食べ終わった後は、ハーブティーを淹れて火を囲む。

「さすが皆さん、特級パーティって凄く強いですね。俺、全然ガリードさんの大剣も、ノウロさんがとどめを刺したところもまったく見えませんでしたよ」

「「うげっ、と、特級っ！」」

うん、なんか片隅に追いやられている二人の声は無視で。

「ガッハッハ。そうか？　まあ、若い頃はがむしゃらにやってたからな。でもよ、スノーとアディーみたいな強い従魔を二体も連れているなんて、アリトも凄いよな」

ガリードさんはそう言ってくれるけど、別に俺がどうこうってわけじゃない。

「いや、二人が凄いだけですから。でも、そういう皆さんは騎獣とか持っていなかったんですか？　皆さんなら、ワイバーンでも騎獣にできそうな気がするんですけど」

そう。思い出したくもないが、師匠にロクスへ乗せられて遭遇したワイバーン。あれを騎獣にするくらい、この人たちには余裕でできそうな気がする。

「ワイバーンな。戦ったことはあったぜ。あの時は……」

「この国からの依頼だったよ。確か増えすぎたワイバーンが、国境の山越えの街道近くに出たことがあったから」

ノウロさんは顎に手をあてて、当時を思い出しているようだ。

「あったわね、そんな依頼も。あの時はまずリナが弓でワイバーンの翼を射抜いて、そこを私の風魔法で落とした後、ガリードとノウロがとどめを刺したのよね」

リナさんはミアさんに頷く。

「そうだったわね。まあワイバーンは倒すことはできるけれど、従魔の契約を結ぶのが面倒なのよ。竜種はプライドが高いから。一対一で勝負して勝てれば契約はすんなり結べるけれど、私もさすがに一人では無理ね」

「空を飛ばれちゃあ、大剣では相手できないしな。それに俺の場合、相手を殺さないで勝つのは難しい」

「俺もね、さすがに飛んでいる相手はキツイよ。まあ、騎獣としてのワイバーンにそれほど魅力を感じなかったから、あの時も全部倒しちゃったね」

ノウロさんが微笑みながらそう言った。ああ……空を飛ぶと速いけど、乗り心地がなー。

「パ、パーティでワイバーンを倒すのは余裕なのかっ……」

あ、やっぱり驚くところだよな。初級討伐ギルド員の男たちが唖然としている。

師匠だったら、ワイバーンなら一人でも余裕で倒すだろう。

その師匠との実力差を考えると、この人たち、特級パーティ『深緑の剣』は『死の森』を歩くことはできるけど、野営しながらは無理ってところだろうか。

「ガリードさんの大剣なら、ワイバーンでも断ち切りそうですよね」

今も目の奥に焼き付いている。大剣なのに、見ている者にその重さを感じさせない、スッと振られた一太刀を。

「そう言ってもらえると嬉しいな！　よし、もっと俺の武勇伝を聞かせてやろう！」

その後は、楽しく話をしてから床についた。

これまでも特に野営の番はおいていなかったから全員で寝たのだが、夜中に初級討伐ギルド員の二人が二度も逃げ出そうとしたため、ガリードさんが縛って野営地の隅に転がした。

スノーにアディーにモランまでいるから、それ以上見張りを置く必要はないし、全員野外で熟睡（じゅくすい）はしないから、周囲の気配が少しでも動けば皆起きるんだよな。


そんなわけでさらに立場が悪くなった二人は、今朝からヘロヘロのまま引っ立てられて歩いているんだけれど。

「悪いがアリトにも、こいつらを連行するのに討伐ギルドへ付き合ってもらうぞ。森の戦闘に最初に気がついたのは、アディーだったんだろ？　証言をして欲しいんだ」

「……俺は商人ギルドの見習いなんですけれどね。まあ、行くしかないんですよね？　リナさん」

「そうね。証言はしてくれないと困るわね」

ということで、俺もウェイドの街で討伐ギルドへ行くことになったようです。

◆　◆　◆

日暮れ前には予定通りに、ウェイドの街の門をくぐることができた。

ウェイドの街はイーリンの街よりも小さく、村が少し大きくなったという程度だ。それでも大通りは幅広く、両側には三階建ての建物が並んでいる。

討伐ギルドは、門を入って中央通りを少し行った場所にあった。大通りでも目立つ三階建ての建物で、大きな扉の入り口は開け放たれたままだ。

中へ足を踏み入れると、左手に受付と買い取り所の窓口が、右手壁に依頼用の掲示板と奥には酒場が見えた。

「おーう邪魔するぜ！」

どかどかとギルド内へ踏み入る俺たちに集まる人の目。

夕暮れ前の酒場の喧噪が一瞬止まり、見定める視線が飛び交う。

そして――……。

「はい。どういったご用件でしょうか？」

好奇心を瞳に滲ませながらも、ニコリと微笑んで対応する若い美人の受付係。

「おう！　面倒だからギルドマスターを呼んでくれ」

ドカっとカウンターに手をついて、最初から最高責任者を呼びつけるという横暴を見せるガリードさん。

ギルドの職員と酒場の討伐ギルド員たちがざわめき、その場がピリッと緊張感を帯びたところで、ガチムチのいかにも血の気が多そうな大男が酒場の椅子を蹴倒して立ち上がった。

ガターンッ！　と椅子が倒れた音が静かな室内に響いたが、ガリードさんが怯むことはない。

「俺たちは『深緑の剣』だ！　さっさとギルドマスターを呼んで来てくれ！」

「「「「し、深緑の剣！」」」」

あちこちから驚く声が上がり、その後ギルド内は歓声に包まれた。

……あれ？

ガチムチの大男が難癖つけてきて、場違いな子供の俺に喧嘩売って……というテンプレな展開にはならないのか？　入った時は、スノーとアディーを連れた俺を、かなり不審に思っているような視線を感じていたのに……。

立ち上がったガチムチの大男を見ると、キラキラした眼差しでこちらを見ている。

「す、すみません。ちょっとお待ちください。今呼んでまいります」

対応してくれた受付係は、ガリードさんの言葉で呆けていた顔がすぐに紅潮し、そのままカウンターの横にある階段を小走りで上がっていった。

やっぱり特級パーティって凄かったんだな。皆キラキラした目で、興奮しながらこちらを遠巻きに見て、口々にガリードさんたちのことを噂している。

もうたまにしか依頼は受けていないって言っていたから、あの若い受付係もガリードさんたちの姿を知らなかったのだろう。でも、特級パーティ『深緑の剣』の名前は聞き覚えがあったってわけだ。

俺はこっそり一人で入り口まで下がって、そんなキラキラした視線から離れた。

ここまで引っ立てられてきた男二人は、さすがに諦めたのかぐったりと大人しくしている。

ちなみにここ、ウェイドの討伐ギルドはイメージそのままだった。

受付の三人は、商人ギルドと一緒で全員若い美人の女性だったし、商人ギルドは直営店があって驚いたが、討伐ギルドには酒場があってやっぱりと思った。奥の酒場は、夕方のこの時間だから、仕事終わりの討伐ギルド員たちが酒を飲んで賑わっている。

口々にガリードさんたちのことを言いながら、こちらを窺い見ている討伐ギルド員たちの声を何気なく聞いていると。

「おい、なんで『深緑の剣』と子供が一緒にいるんだ？　それに従魔を連れているぞ？」

「はあ？　ガキが従魔を連れているわけないだろ。『深緑の剣』の誰かの従魔に決まっているさ」

「だよなー。だが、『深緑の剣』は今はほとんど活動してねぇって話だ。おかしいだろ、あんな子供が一緒なのは」

　おお、俺のことを言っている。やっぱり目立つよな……。スノーとアディーが一緒なんだし、仕方ないか。

「いやいや、実は従魔はあの子供のものかもな。子供ながらに『深緑の剣』が育成している討伐ギルド員ってことなんじゃないか？」

「弓も持っているし従魔もいる……もしかして秘蔵っ子ってヤツか？　実地訓練で連れて歩いているとか？」

「王都では有名なのかもしれないぜ」

　聞き耳を立てていると、俺の話がどんどん怪しい方向へいっていた。

　この場で違うとは叫べないし、どうしたらいいのか……。

　もういっそのこと、ここから出て行こうかと思っていたら。

「お、お待たせいたしました。ギルドマスターがお会いするそうです。どうぞこちらへ」

　受付の人が戻ってきて、カウンターの一部を上げて奥の階段へと案内してくれた。

　これ、俺も行かないとダメ？　って視線で聞いたら、ミアさんにニッコリ微笑まれて、しぶしぶ一緒に階段を上っていく。

　受付の人に促され、ギルドマスターの待つ部屋に入る。

　執務室のようだが、応接用にテーブルとソファも置いてあり、俺たちはそこに座った。

「久しぶりだな、ガリード。こちらが依頼してもいないのに、お前さんたちがわざわざ出張って俺に会いにくるなんて、何があったんだ？」

「おお、久しぶりだなディラン。今日来たのは、ちょっとした報告と確認と勧告だな」

ギルドマスター室で待っていたのは、ガリードさんたちより少し年上に見える、髭を蓄えたムッチリした男性だった。背はノウロさんと同じくらいだけれど、横幅は倍くらいある。

以前からの知り合いなのか、挨拶をそれぞれ交わした後は、山であった出来事の報告をした。

「ほおー。最初にその子の従魔が気づいた、と」

「はい。アディーにはいつも空からの偵察をお願いしているので。見ての通り小さくて木々の間も飛べるため、広範囲を偵察してくれているんです」

俺がそう言うと、ディランさんは面白そうに目を見開いた。

「なるほど、それは凄いな。で、そのバカどもを見つけ、皆で駆けつけて対処した、と」

「ああ。こいつらはそっちでこってり搾ってもらうとして、だな。どっちかっていうとこっちが本命なんだが……いや、先にこのバカたちを引き渡していいか？」

ガリードさんに言われ、ディランさんは頷く。

「おう。わかった。じゃあこいつらを下の者に渡してこよう。たっぷり小言をくれてやった後、厳しい訓練を課してから、監督しつつ下積みも山のようにさせるからな。ありがとな、いくらバカをやったとはいえ、危ないところを助けてくれて」

ずっと真っ青な顔で震えていた二人が、ギルドマスターの言葉に赤くなったり青くなったりして、最後にはしゅんとうなだれた。

その様子を見たミアさんが怪しく笑う。

「ふふふ。じゃあ助かったことを後悔するくらい、たっぷりと訓練してあげてね？　おバカはそれくらいしないと直らないと思うの」

ああ、うん。お二人さん、多分ミアさんに搾られるよりも、ここのギルドに置いていかれた方が確実にマシだと思うから！　頑張って更生してください！

「あ、ああ、わかった。ちょっと待っていてくれ」

そう言うと、ディランさんは二人を引きずって部屋から出て行った。

ん？　ちょっと待てよ？

「あ、あの。皆さんはまだ用事があるみたいですし、その間に俺は商人ギルドへ顔を出してきます。宿が決まったら、アディーに合図してくれればいいので」

俺はアディーの主として証言してくれって言われただけだから、もうお役御免だろう。

「いや、待て。アリトなら別にいてもかまわねぇぜ？」

ガリードさんがそんなことを言ったが、勘弁して欲しい。

「いや、俺はほら……討伐ギルド員ではないので。今商人ギルドに行っておかないと、明日この街を出るなら他に寄る時間がなさそうですし。では、そういうことで！」

ここにいたら、何かまずいことになる気がするんだよ！

そんな直感に従って、引き留められる前に、ささっと扉を開けてギルドマスター室から退散した。

「本人不在になった後、アリト君がどう言われるかを考えたら、一緒にいた方がいいと思うんだけど」

……出る直前に後ろで聞こえたノウロさんの言葉は、聞かなかったことにした。もう討伐ギルドに来る予定なんてないのだからいいのだ。

階段を下りてカウンターを抜ける時も、ギルド職員や討伐ギルド員の何か言いたげな視線は全て無視して、そそくさと建物を出て行った。

それから道で商人ギルドの場所を聞いてたどり着き、手持ちの薬草と薬を売った。もちろん、王都で売る分は残しておいたが。

薬草は半分も売ってないのになぜか凄く喜ばれて、また結構な金額になった。

その後は商人ギルドの直営店を覗いて、気になった野菜や果物、調味料などを買う。

だけどここには魚はなく、米や醤油、味噌に似た食材もなかった。王都に期待するしかないな。

商人ギルドを出た後は、街中をうろつきながら露店で買い物をして、アディーから連絡が来た宿に向かい合流して夕食を食べた。

夜はもちろんいつものように、スノーをブラッシングしてもふもふして、スノーのもふもふソファでここから先の地にある薬草を図鑑で予習をして寝たよ。

ちなみに街をブラブラしている時に、何度か後ろを討伐ギルド員らしき人がついてきていたが、スノーとアディーがそれを教えてくれたので撒いてやったぞ。

次の日の朝は、またガリードさんが大騒ぎしつつ食材を買い足して。

そのまま街を出て、順調に旅して三日後。とうとう王都の外壁が見えたのだった。

「凄い。イーリンの街よりも、さらに大きいなんて……」

見えた！　と思ったら歩いているうちに、すぐに視界が全て王都の街壁になる。

イーリンの街の時も同じような感じだったが、王都の方が壁がさらに高く、遠く離れた場所からは辛うじて城らしき建物の上部がちらりと見えるだけだった。

「そうだろ？　王都ラースーンは、この大陸の中でも二番目に大きいからな。まあ、中には農地もあったりするから、全部が市街地ってわけじゃあないがな！」

ガリードさんが街壁に視線を向けたまま説明してくれた。

街壁内に農地もあるってことは、籠城してもある程度は食料が自給できるようになっているんだな。どんな街並みだろう。わくわくしてきた！

「アリト君、こんなことで驚いていたら、中に入ったら大変よ？　迷子になっちゃうから、色々案内してあげるわね。ふふふ。楽しみね～」

そう言って、ミアさんが悪戯っぽく笑って腕に腕を絡めてきた。

「そうだな。明日は皆で街を案内するよ。アリト君のご飯と比べるとどうかわからないけれど、美味しい店にも案内しよう」

「そうね。薬師ご用達の店とかも教えてあげるわね」

ノウロさんとリナさんは、にっこり微笑んでそう申し出てくれた。

「よおしっ！　じゃああと少しだ。さっさと王都へ入ろうぜ！」

やっと王都へ着いた。

図書館では手がかりが見つかるだろうか？

でもとりあえずは——この世界で初めての大きな都市だ。観光して色々楽しむことにしよう。

食材も探すのが楽しみだな！

第四章　王都ラースーン

第十四話　王都到着

「おおーーっ‼」

堅牢な門をくぐった先は、ヨーロッパの街並みだった！

王都には日暮れ前にはたどり着き、門に入るための長い列に並ぶことができた。皆には待ち時間に、王都のことを色々と聞いたりしていた。

さすが王都だと思ったのは、門兵が多くて入都審査の窓口がいくつもあることだ。歩行者用、荷馬車用の窓口は二つ、そして多分貴族やお偉い方用に別の窓口もある。おかげで列の進みは思ったよりも速く、門の審査の順番が回ってきた。

「これが身分証明書と、商人ギルドのギルドカードです。この子たちは従魔登録をしてあり、首輪もしています」

俺の隣にはスノーがお座りをしていて、その頭にはアディーがとまっている。

「おう、こいつらのことは俺たちが保証するぜ！　従魔も大人しいから大丈夫だ。ほら、俺たちのギルドカードな」

「お、おお。討伐ギルドの特級パーティの皆さんですね！　わかりました。では通行料をこの子だけは銅貨二枚いただきます」

「はい、ではどうぞ」

こんな感じで門の審査もあっさりと終わった。

さすが特級パーティだよな。ある程度融通が利く上に、通行料も免除されるなんて。

実は昨日の最後の野営の時に、スノーたちの扱いについて皆から忠告を受けていた。

スノーとアディーは見る人が見れば強さが一目でわかるから、王都を歩く時は、俺一人で連れて歩かない方がいい、と。

「あー、今までの村や街では、そこまで強いヤツがいなかったから、スノーとアディーのこともバレずに済んだんだろうけどな。王都は広くて人が多いから、色んなヤツらがいる」

「もちろん俺たちより強い人もいるし、魔法に長けた人もいるよ。それに、あまり素行が良くない人もいたりするんだ。王都には兵が巡回しているけどね。街が大きすぎて、手が回らないところもあるんだよ」

「だからね、スノーちゃんとアディーはね、とってもいい子なのだけれど、その悪い人たちには格好の獲物なの。主人のいる従魔を本来ならどうこうなんてできないし、やろうとも思わないものだけれどね。残念ながら、質の悪いバカたちの間では違法で悪質な手段が横行しているのが現実なのよ」

「アディーは飛べるから心配はいらないけれど、スノーちゃんは……。そんな人たちに負けるなんてことはなくても、街で暴れたり、逃げるのに走り回ったりしたら巡回の兵に目をつけられてしまうわ。そうしたらアリト君も、王都にはいられなくなるもの」

そんな風に、ガリードさん、ノウロさん、ミアさん、リナさんが忠告してくれたのだ。

最後の食事だと、残った食材や肉をふんだんに使った豪華な夕飯を食べた後だったから、皆こんな話で楽しい雰囲気に水を差すのは申し訳ない、って感じだったが。

恐らく、スノーがフェンリルだってガリードさんたちはわかっていたんだな。アディーのことも知っているのかもしれない。ガリードさんたちならわざわざ誰かに言うこともないだろうけど……。

四人の言葉に対して、俺は「到着してから判断します」って答えた。皆で王都を案内してくれるなら、スノーも一緒に連れていって周囲の反応を見てみたい。

そうして問題なく王都内に入って、最初に目に飛び込んできたのは――石造りの優美な三階建てから六階建てくらいの趣ある建物群と、幅の広い石畳の大通りだった。その光景はテレビで見た、古いヨーロッパの都市を連想させる。

今まで見た街とは規模が違い、現代日本で育った俺から見ても大きな都市だった。

イーリンの街もかなり大きいと思ったが、その何倍も広大で、気分はまるで東京に初めて行った時のような感じだ。

なんと言っても、全然臭くないのが凄い。イーリンの街やウェイドの街では、馬や荷運びの従魔の糞が浄化されないまま大通りに残っていることもあった。しかし、その街の何倍も広いだろう王都なのに、まったく臭わないのだ。

ちなみに村や街では公衆トイレがあり、きちんと浄化魔法を使える人が雇われ、一定時間ごとに浄化を掛けていた。恐らく王都ではかなりの人数を雇って浄化魔法を使っているのだろう。

しかも魔法で灯すのか、通りには街灯が設置されている。

王都だけ見れば、日本の田舎街よりも都会に思えた。

「ふふふ。やっぱり初めて王都を見ると驚くわよね。周囲の街や村とは大違いですもの。人口が多い分、魔法に長けた人も多いから、何でも魔法で便利にできているのよね」

初めてイーリンの街へ行った時のように、俺はぼんやり口を開けたまま歩いていたらしい。ミアさんに笑いながら言われてしまった。

魔法で便利な生活をしているというのは、まあ納得だ。イメージ通りの魔法を使えるのだから、専門家にかかれば、俺の世界では機械でやっていたことも魔法で可能なのだろう。

「すっごい大通りですねー。王都を一周したら、一日以上はかかりそうです」

門を入ってから、どこを見回しても、脇道を見ても、大通りと同じ街並みだった。農地もあるって話だったから、さすがに王都内の全てがこうした街並みだとは思わないが。

「くすくす。まあ、確かに農地まで見て回ったらかかるでしょうね。でも、お城とその周りは貴族街になっているから、近寄らない方がいいわ。面倒に巻き込まれたくなければ、ね」

「はい、絶対近づきません！　……あ、でもリナさん。図書館はどこにあるんですか？」

面倒や目立つことは御免だ。この世界の貴族がどういう人種だかはわからないが、多分想像通りに権力を振りかざして横暴なことをする人はいるだろう。絶対そういう人たちとは付き合いたくない。スノーとアディーと一緒にいる俺では、嫌な予感しかしないからな。

「ああ、確かに図書館は貴族街のすぐ近くにあるわね……。王都には魔法の専門家を育成するために魔法学校があって、図書館も同じ地区にあるわ。その周りには王都の有力者や、大店(おおだな)を持つ商家とかがあるから、スノーちゃんは連れていかない方がいいと思うのよ。それもあったから、昨日アリト君に皆で言うことにしたの」

なんと、魔法学校があるのか!!　ちょっと見てみたい気はするが、魔法学校に通うのは優秀(ゆうしゅう)な人だけだろうし、そういう人たちは権力者と繋がっていそうだから、近づかない方が無難だよな。

「確かに図書館にスノーを連れていったら、面倒事に巻き込まれる未来しか見えませんね」

「ええ、そうね。今アリト君が想像した通りのことが起こっても、おかしくないと思うわよ？」

　これだけ大都市だと、面倒なことが多そうだ。つい、ため息をつきたくなる。

　やはり便利でも、俺は大都市には住みたくないな。面倒事に巻き込まれるなら、田舎でのんびり自給自足のスローライフをする方が性（しょう）に合っている。

「さて、ここで話していても仕方ないし。アリト君、俺たちパーティの家に案内するよ。中庭もあるから、スノーもそこで自由にしていられると思うんだ」

　ノウロさんは俺を安心させるためか、そう言ってにっこり微笑んだ。

「す、凄く大きそうですね。……ではお言葉に甘えさせてもらいます。スノーを連れ歩けないなら、自由にできる場所が欲しいですし」

　この人たちには好感を持っているものの、実際に世話になるかどうかは迷っていたのだが。

　かなり大きな建物みたいだし、それなら俺がいても邪魔にはならないだろう。

「そうそう、スノーちゃんを部屋に閉じ込めておいてはかわいそうだもの！　とりあえず荷物を置いたら、夕飯は外で食べましょう」

「おうミア、それはいいな！　じゃあ行くか！　王都には公共の馬車が走っているんだ。家は住宅街にあるから、それに乗って向かうぞ。停車場はこっちだぜ」

ガリードさんの先導で、門の近くにあった停車場へ行き、ちょうど止まっていた十人くらいが座れる馬車に乗り込んだ。

その際にガリードさんが交渉(こうしょう)してくれて、スノーも一人分の乗車賃を払うということで乗せてもらうことができた。

「この馬車は王都内の主要な場所を巡回しているんだ。あちこちに停車場があるから、さっきの停車場にあった目印を覚えておくといい。馬車は何台もあって、停車場に止まっていなくてもちょっと待っていれば乗れるから、利用するといいよ」

「はい、ありがとうございます、ノウロさん。やっぱり王都は凄いですね」

走る馬車から見ると、なおさら建物の大きさや人の多さがわかった。

「はっはっ！　確かに初めてここに来た時は呆然としたなぁ、俺も」

「そうよね。ガリードなんてぽかーんと、顔を上げて歩いていたわよね。恥ずかしかったわ」

ミアさんが意地悪く笑みを浮かべると、ガリードさんは顔を赤くして反論する。

「おいっ！　お前たちだって凄いって言ってただろっ！」

「私は初めてじゃなかったから。ガリードの開いた口を見ていたわよ」

そんな会話を聞きながらも、つい周りをキョロキョロと見回してしまった。

大通りに面した店には、大きなガラスのショウウィンドウもあった。この世界に来て、あんなに大きなガラスを見るのは初めてだな。

通りには、華やかな色の服に身を包んだ様々な種族の人々が行き交っている。

色んなものに目を奪われているうちに何度か大通りを曲がり、だんだんと店の建物が豪華なものから庶民的なものになってきた。石造や木造であることは同じなのだが、デザインの美しさというよりも機能性を重視したものに変わったのだ。それでも他の街に比べれば規模は段違いなのだけど、俺はこちらの方が落ち着く。

停車場に着く度に、客は降りたり乗ったりと入れ替わっていき、しばらくすると住宅街になった。

「次で降りるぞ。そこからちょっとだけ歩くがな」

「はい、わかりました」

ガリードさんに言われて俺は頷く。

馬車はどこで降りても同じ料金だった。少ししか乗らない人もいるし、ずっと乗っている人もいる。そこで帳尻が合うのだろう。運営する側も客も、一律料金の方が計算や支払いの準備が楽だしな。

「ありがとうございました」

まだ他の客もいるので、スノーを抱いて降りる……が、スノーは大きいから、ちょっと抱えにくい。あー、身長だけはさっさと伸びて欲しい！

「こっちだ」

ガリードさんに先導されて道を歩く。周囲を見回すと三階から四階建てが多く、中流階級以上の住宅街って感じだった。もしかしたらアパートとかなのかもしれないが。

道は大通りと同じように石畳で舗装され、街灯もあった。

「よし、ここだ。間口は狭いが、奥が広いんだ。さあ、入ってくれ」

ガリードさんが止まった場所は、三階建ての一軒家の前だった。確かに間口は左右の建物と比べて狭い。見上げると、通りに面している二階、三階には窓が二箇所しかなかった。

どうぞ、と言われて中へ入ったら、そこは玄関ホールになっており、奥が居間、台所と食堂、そしてさらに奥が各自の部屋になっていた。居間には中庭に出られる扉もある。

建物は突き当たりから右へ延びたL字型で、道沿いにある建物の裏の恐らく二軒分が、ガリードさんたちの家になっていた。その通り沿いの建物とガリードさんたちの家の間が、塀に囲まれた中庭になっているのだ。

その他にも馬車用の車庫があり、直接裏の道に出ることができる。

「す、凄く広いですね……」

「ああ、中庭は訓練用でもあるからな。この家自体は大きすぎたんだが、馬車置き場と庭が欲しくて、特級パーティになった頃に買ったんだ。当時すでに国からの依頼も受けていたから、購入するのにも色々融通が利いてな。それぞれ結婚した後も、パーティで仕事をしている時は、皆が夫婦でここに住んでいたんだぜ。今はあまり仕事を受けてないし、各自の家があるから、そんなに使ってないんだ。だから好きなだけいていいぞ」

ガリードさんに、家を案内されながらそう言われた。

確かにここなら、遠慮せず滞在させてもらおうと思えたよ。

俺は今でも、特級パーティの偉大さがわかっていない気がする……。

師匠もそうだが、どうして俺はこう凄い人たちばかりに出会っているんだろうな？　この世界に落ちた運の悪さとの帳尻合わせなのか？

「ふふふふ。アリト君は一階がいいわよね？　スノーちゃんが中庭に出入りしやすいし。こっちに来て。客室に案内するわ。荷物を置いて休憩したら、夕ご飯を食べに行きましょう。近くに行きつけの店があるのよ」

「はい、リナさん。お世話になります」

王都って凄いな！　確実に俺が日本で住んでいた街くらいの広さはあるし。

とりあえず明日、王都案内してもらうのが楽しみだ！

第十五話　図書館

「家族を連れて、近いうちに王都に来るから、それまでいろよ！」

そう言ったガリードさんをはじめとして、王都に着いて三日後に、リナさん以外は家族の待つ家へと帰っていった。皆それぞれ、近くの村や街に住んでいるそうだ。

王都だとやはり有名人だから家族の安全面が不安なのと、のんびり過ごしたいということで移り住んだらしい。

王都に着いた次の日には皆に色々案内され、治安が悪い場所や貴族街など、近づくのは止めた方がいい場所もしっかり教えてもらった。もちろん、お勧めの店の情報も貰ったけどな。

スノーもその時は一緒に歩いたが、やはり悪意や敵意のある視線を多く察知したらしく、スノーだけでなくアディーもかなり警戒していた。

だから、三日目からは俺が王都を歩く時にはスノーは家の中庭にいてもらって、アディーに警戒を頼むことにしたのだが――

『ええーーーーっ！　アリト、この街、危ないの！　スノーも一緒に行くの！』

と、スノーには散々ごねられた。

それでも可愛さに負けなかった俺を褒めて欲しい！　拗ねて肉球アタックしてきたり、ぐりぐり頭を押しつけてきたり。……もう、とっても可愛かったのだ。

結局、家に帰ったら、ゆっくりスノーを構うと約束することで納得してもらった。あとは一度でも何者かに危害を加えられることがあったら、以後はスノーも連れ歩く、と。

とはいえ、家にずっと閉じ込めておくわけにはいかないから、リナさんと一緒の時は、スノーも連れて歩こうと相談している。

本当は何もないのが一番なのだけれどな。スノーにはかわいそうだが、騒動を避けるためには多少不自由な思いをさせるのは仕方がない。

俺が家の滞在費を支払うと言うと、ご飯を食費持ちで作ってくれたらいい、と皆に押し切られてしまった。俺の作るご飯が美味しいからって。

今はリナさんと俺の分だけだが、お互いに昼は出かけるから朝と夜だけ作ることになった。

食材は、旅の間に自分で買ったものもあるけれど、王都案内の時にガリードさんたちが「アリトに料理して欲しい」と言ってあれこれ買い込んでいたから、当分は間に合う。

俺としては申し訳ない気がするのだが、まあ、これも縁だと思って甘えることにした。

その代わり、皆が家族を連れて王都に戻ってきた時には、豪華なご飯を作ろうと思う！

王都ならあるかも！　と期待して探しているのだが、まだ米や、醬油や味噌らしき調味料は発見できてない。せっかくだし、王都にいる間は図書館に通いながら、食材や調味料なども探そうと思っている。

図書館では『落ち人』の手がかりだけでなく、この世界のことも調べるつもりだ。なので、恐らく最低一月は通うことになるだろう。

「リナさん。今日から図書館に通おうと思うんです。ここから歩きでも行けるんですよね？」

朝食の後、お茶を飲みながら俺は話を切り出した。

「歩いて行けるけれど、初めて利用する時には保証金がいるのよ。保証人がいれば手続きはすんなり済むと思うから、私も今日は一緒に図書館に行くわね」

「え、いいんですか？　すみません、面倒をおかけしてしまって」

案内だけでなく、保証人になってくれるなんて、本当にありがたいな。

「いいのよ。私もついでに調べものをするわ。それに私はご飯を作ってもらっているのだし、もしかしたら今後薬作りの手伝いをお願いするかもしれないもの」

「了解です。俺に作れる薬ならお手伝いしますので、その時は言ってください」

「あ、ちょっと見目のいい服の方が図書館では目立たないから、持っているなら着替えるといいわよ」

　やはり本は貴重だからな。破損させない、持ち出さない、という信用を得るにあたって、保証金や保証人が必要、というわけだ。

　そうなると図書館を利用する人は、ほぼ上流階級の人、ということか……。

「わかりました。準備してきます」

　ちなみにリナさんは、旅の間はズボンを履いて革の胸当てなどの防具をつけていたが、今は普通の街の人の格好だ。ロングスカート丈のワンピースチュニックを着て、髪も縛っていたのをほどいている。腰までのキレイな金髪が背に流れ、とても麗しい。

　……隣を歩くのが俺だと不釣り合いで浮かないか？　スノーとは別の意味で、変に目立ちそうだ……。

　イーリンの街で買っておいた、少しだけ上質な布の服に着替えると、ぐずるスノーをなだめてリナさんと家を出た。

　荷物はいつもの斜め掛けのカバンだけだ。中には弓も仕舞ってあるが……街の中で使う事態にならないことを祈るのみだな。

　アディーは、今日も空からついてきてくれている。

「ここら辺は住宅街だと思っていましたが、結構歩いている人がいるんですね。お店もあるし」

家から出て北へと行くと、段々と人通りが増え、一階が店舗になっている建物が目につくようになった。道行く人は若者が多い気がする。

「ここから左に入ると魔法学校よ。入学する年齢は決まってないから、生徒は子供ばかりじゃないけれど、若い子が多いでしょう？　もっと奥に行けば高級住宅街になるの。あと少しで図書館に着くわ」

ああ、魔法学校の生徒なのか。そういえば図書館と同じ地区にあるって聞いたよな。

長く続く塀に沿って通りを歩いていると、リナさんが尋ねてきた。

「アリト君は、魔法学校に興味はあるの？」

「いや、どんな魔法を使うのか見てみたいですけど、学校はあんまり。爺さんにみっちり教えてもらったので、改めて教わろうとは思いませんね」

俺の師匠は、オースト爺さんという、恐らくこの世界でもかなりの実力の持ち主である。だから魔法は、誰もがそれなりに使えるのが普通だと思っていた。生まれた時から魔力を持っていれば、体内の魔力操作も、魔素の扱い方も熟練していて当然なのだと。

この世界には、魔力操作ができない人も、まったく魔法が使えない人もいない。ただ、イメージを思い描いて、その通りに魔力を操作して発現させる、ということには、やはり人によって向き不向きがあった。そのため村や街で生活している分には、生活に必要な魔法以外は使えないのが普通なのだ。

俺にとって生活に必要な魔法とは、『死の森』で生きるのに必須の魔法だった。だから、必要のレベルがそもそも世間一般とは違う。そこが勘違いの原因だったのだ。

自分の風以外の攻撃魔法は及第点くらいだと思っていたのだが、実は世間でいう魔法職並みだと、やっと自覚した。旅の間に『深緑の剣』の皆から色々説明してもらい、ガリードさんが頑張って使ってみせた魔法が、野営で多少は役に立つかな？　という程度の生活魔法だったから。

まあ、その後ミアさんが、これぞ本職という、一面火の海になりそうな規模の火魔法を空へ向けて使って見せてくれたが。それを見て、やはり俺なんて足元にも及ばないと実感し、逆に安心したりもした。

日本で育った俺は知識がある分、イメージすることに関してはこの世界の人よりも優位なのだと、しみじみ思う。

そんな俺が変に目立ったりしないためには、この世界の人がイメージして使う普通の魔法というものを知ることが重要だろう。そういう意味では、魔法学校にはかなり興味がある。

「ふうん。まあ採取の様子を見ると、アリト君は魔法学校なんかに通わなくても十分かしら。本当に、凄い人に育てられたのね」

「ええ、まあ。エルフの人は皆、永い時を生きるから博識なのですか？」

「確かに他の種族よりは博識な人が多いかもしれないけれど、人それぞれよ。まあ、何でも知っている、まるで生き字引みたいな長老とかが、昔ながらの集落にはいたりするけれどね。でも、全員がそうというわけでもないわよ？　アリト君はエルフにやっぱり興味がある？　育ててくれた人がエルフだったのですものね」

ついエルフのイメージが、最初に出会ったオースト師匠で固定化されてしまう。人間だって人それぞれだし、そりゃあ種族で一括りにはできないか。

「そうですね。爺さんの出身の街には旅に出たついでに寄れ、と言われていますし、行きたいと思っています」

「それはどこの街なの？　……って、私が聞いてもいいのかしら？」

リナさんが踏み込んで聞いてくるなんて珍しい。これまで詮索されなかったし、だからこそそのちょうどいい距離感を心地好く思っていたのだが。

まあでも、リナさんたちにならこれくらいは教えても問題ないだろう。

「そうですね。エリダナっていう街らしいです。街の話とかは全然聞いてないのですけれどね」

「へえー、エリダナ出身の人なのね。私はエリダナの近くのエウラナっていう街の出なのよ。だからよく知っているわ。しばらく帰ってないから、そろそろ実家に顔を出そうかしらね……」

エリダナの街は、ここから東のエリンフォードという国にある。

エリンフォードは、国土がほぼ森と霊山と言われる地で、エルフと妖精族が多く暮らしている国だと、師匠から聞いていた。

「とりあえず図書館に通って、しばらく色々な本を読んで勉強してから、次の目的地を決めようと思っているんですけど」

『落ち人』の手がかりが見つかればそこへ向かうか、あるいは……。

「ふふふ。勉強したいなんて凄いわね。さあ、図書館に着いたわよ。そこの門から中に入れるわ。保証金を一度払うと通行証が発行されるから、その手続きをしましょう。それとは別に利用料が毎回銀貨一枚かかるわ」

ここよ、と示されたのは、ずっと続いていた塀に囲まれた場所だった。この塀の中が、全部図書館の敷地だったらしい。少し行ったところに門が見え、警備の人が二人立っていた。

「わかりました。準備しておきます」

一回銀貨一枚の使用料は結構高いと思うが、それで保証金が金貨一枚というのは安い気がする。魔法学校の学生が利用するからかな？

そんなことを考えながら門へと近づいていくと。

「止まれ。図書館の利用希望者か」

「はい。私はこれを。彼は今日が初めてなので、登録をお願いします。私が保証人になりますから」

門の前へ着くと、リナさんは警備の人にカードを二枚渡した。リナさんの通行証と、身分証明となる討伐ギルドのカードだ。

目を見張った警備の人が、リナさんとカードとを見比べる。やはり、特級パーティのメンバーだから驚いているのだろう。

「で、では保証金の金貨一枚と、君の身分証明書を出してくれ」

「はい、これでお願いします」

お金と商人ギルドのカードを渡すと、警備の人は確認してから門の奥にある小屋の受付へと渡した。少し待っていると、そこで発行された俺名義の通行証とギルドカードが差し出される。

「次からは門を通る時に、この通行証を見せればいい。くれぐれも本の扱いには注意するように」

「はい。ありがとうございました」

門をくぐって塀の中に入ると、木々が生い茂っていた。木の間に石畳の道があり、一見すると公園のようになっている。

その道の先には、大きな建物が見えた。三階建てだがかなりの広さで、遠くからでも芸術的に優れた建物だと見て取れた。屋根の描く曲線が優美で、あちこちに施された装飾が日差しを受けて不思議な陰影を生み出し、幻想的ですらあった。

「凄い……。なんかとても芸術的な建物ですね」

「ふふふふ。この国で唯一の図書館ですからね。かなり貴重な本も置いてあるのよ。そういう本は、許可がないと入れない場所にあるけれどね」

根拠はないが、その貴重な本に『落ち人』の手がかりが書かれている気がする。

「なんだかドキドキしてきました！」

大きな図書館が目の前にある。そう思うだけでテンションが上がるのを感じる。

あそこには、まだ見ぬ知識や物語が詰まった本がたくさんあるのだ！

「アリト君は本当に本が好きなのね。じゃあ入りましょうか」

リナさんに微笑ましいとばかりに柔らかな眼差しを向けられたが、今は頭の中が未知の本のことでいっぱいだ。

大きな建物のわりには扉は普通サイズで、開けるとすぐに受付があった。

そこで図書館の利用の注意点などを教わってから利用料の銀貨一枚を払い、いよいよ中に入る。

「う、わぁあ」

「図書館では静かに！」は異世界でも共通の規則だったらしく、さっきそう言われたばかりだというのに、声を止めることができなかった。

ホールの中央は天井まで吹き抜けになっていて、そこを囲むように、ぐるりと四層に渡り巡らされた回廊がある。そこが全て本棚で埋め尽くされているのだ！

天井近くからうっすらと入る日差しと、明かりを抑えた魔道具の証明に照らされた室内には、紙と革の匂いが漂っていた。視界は全て、本がぎっしりと詰まった本棚だ。

日本にいた頃、図書館は一番身近な施設だった。この世界では本が希少だと知って、多くの本を読むことは諦めていたけれど。

「ふふふ。アリト君がちゃんと子供に見えるわ。私は薬草の本を見ているから、案内が必要だったら呼んでね。本は中央の、机と椅子がある場所で読むのよ」

俺は呆けた顔で立ち尽くしていたのだろう。そんな俺に、リナさんがそっと耳元でささやいてから離れていった。

それから俺は、笑い出したい気分のまま、本の海へと飛び込んだ。

とりあえず今日は、本を色々見て回るぞ！

王都での図書館通いは楽しかった。

いつも本に夢中になり過ぎてあまり数を読めないし、蔵書が多すぎるために、きちんと分類されているにもかかわらず、本棚の場所は二十日以上ほぼ毎日通った今でも把握しきれていない。

本の種類は多岐にわたっていた。図鑑に研究書、地図や古語、独自の種族語の専門書から、物語や伝記、自伝、果ては誰かの日記まで。手書きのものもあれば、活版印刷されたものもある。この国の、ありとあらゆる本が収められていると言っても過言ではないのだろう。

革や木の板に手書きで記されている昔の物は、さすがに厳重に管理されていて、特別な許可を得ないと見ることはできない。今は司書がそれらを活版印刷で本にする作業を行っていて、そちらなら許可なしでも読めるようだ。

「やっぱり世界が違うし魔法もあるしで、発展の仕方も独特だから何を読んでも面白いよな」

それぞれの国の成り立ちや歴史書、自伝からでも窺える種族ごとの生活習慣や文化などがとても興味深く、夢中になって読んでしまう。読みながらメモを取るのだが、家に戻って寝る前にそれをまとめるのでさえ楽しい。

古語や独自の種族語で書かれた本以外を、そうやって手当たり次第に読んでいくと、あちこちに『落ち人』の影が見え隠れしているように感じた。

たとえば、まったくの新しい知識や技術が突如として登場した時だ。もちろん、その全てに実際に『落ち人』が関わっているわけではないのだろうが。

師匠は、俺を見て最初から『落ち人』だとわかった。つまり、『落ち人』のことは一部の人にはきちんと伝わっているし、実際に存在していたはずである。

なんで今さらその確認かといえば、これだけ様々な分野の本を手に取っているのに、一度も本の中に『落ち人』の文字を見つけられなかったからだ。これはまったくの想定外だった。

唯一の収穫は、直接的な手がかりではないものの、師匠が『落ち人』の落ちる場所と言っていた辺境の魔境がどこにあるのかわかったことだ。大陸の中央近くにある『死の森』の他に、東はエルフや妖精族や精霊族が棲む霊山を含む森、北の果てと南の大陸、そして西の果てに一つずつ存在するらしい。

だが、それ以外にこれといったものは見つけられなかった。

『落ち人』の影は見え隠れしているのに、一切記述がない。これはあまりに不自然で、一般の人から徹底的に『落ち人』を遠ざけている、とも受け取れた。

だからこそ師匠は、俺の背中を押したのだろう。俺自身で、この世界と『落ち人』の現状を把握した方がいいとの判断でだ。もし俺が『落ち人』であることを気にせずにいたなら、師匠はそれも受け入れて自由に暮らすことを良しとしてくれたに違いないが。

一般書架の本には、『落ち人』の記述はない。でも、師匠は文献で『落ち人』のことを読んだと言っていた。

となると、閲覧に特別な許可がいる文献に『落ち人』について書かれている可能性が高いのだが……それを確認することは、何の伝手もない俺にはできない。

もし無理にでも見ることを望むなら、師匠がくれたもう一枚の身分証明書――エルグラード姓の証明書を使えば、恐らく叶う。それも見越して、師匠は俺を養子にまでしてくれたのだろうな……。

でも、その手段をとれば大事になるのは確実だ。一番関わりたくない、上流階級との間で。

だから、今はその手は使わない。

師匠の出身国であるエリダナでなら、そういう融通も利きやすく、騒ぎになりにくいと思う。だからこそ師匠は、「エリダナへは必ず行け」という指示を出したのだ。

いつかエリダナに行くとしても、もう少しここで何らかの手がかりがつかめないだろうか。

もしかすると、たとえ公には記述されていなくても、同じ『落ち人』にしかわからない隠されたメッセージがどこかにあるかもしれない――そんな淡い期待を抱いて、俺は満遍なく本棚を回り、ページを捲って「違和感」を探した。

「……とりあえず今日は、ここまでにして帰らないとね。スノーが拗ねちゃっているだろうし」

気がつけば、天窓から差し込む日差しが赤く染まっていた。もうすぐ閉館時間だ。

メモをした紙をまとめてカバンに詰め込み、本を本棚に戻してから館外へ出た。

『アディー、帰るよ』

『今行く』

もうすぐ門に着く、というところでアディーが俺の肩にとまる。

『どう？　門を出た先に、今日は誰かいるか？』

『ああ、いるな。出て左に少し行ったところに三人、右にも二人。今日はどうやってやり過ごす？』

『うーん。もうアディーが肩にいなくても、俺の顔はバレているよな。ローブで顔を隠すから、アディーはローブの内側に入っていてくれないか？　やり過ごすのが無理そうなら、その時は一気に走って、一本目の路地に入って屋根に上るよ。そこにも人がいるかな？』

『左はいるな。右はいなかったぞ』

『わかった、ありがとう。じゃあ右だね。それでお願いな』

なぜこんなことをしているのかといえば、俺がとある連中に目をつけられてしまったからだ。

成人前の子供姿である俺はスリや悪漢（あっかん）に狙われやすいから、街中はアディーと一緒に歩いた方がいいかもしれない、とリナさんに言われ、二日目からはそうしていた。アディーが空にいると、万が一俺に何かあった時に間に合わない危険性があるからだ。アディー自身が狙われる可能性もあるが、その時は空へ逃げればいい、とのことだった。

そうして気づいたことは、スノーを連れて歩いていることで、これまでいかに安全を確保できていたかだ。

スノーは狼型従魔だから、本人が楽しそうに俺の足元を飛び跳ねていても、周囲の人は怖がって避ける。悪意を持って近づいてくる人に対しては、すぐにスノーが威圧して遠ざけてくれていた。

もちろん、アディーも悪意や敵意はわかるし、すぐ察知して避けて通る道を案内してくれる。だから能力的にはスノーと同じなのだが、見た目は両手で包める大きさのキレイな鳥だ。

当然、人が勝手に避けてくれるはずもなく、俺はこの世界に来て初めて人混みを経験した。

大通りを、キレイな鳥を肩にのせて歩く成人前の少年。……まあ、狙われるよな。

お金は肩掛けカバンの中だし、カバンの底を切ろうとしても、『死の森』の魔物の革を切れるナイフなんてあるわけもなく、スリの被害には遭（あ）っていないのだが。

そんなある日、アディーに『荒事の気配はないが、こちらを窺っている奴らがいるぞ』って警告されていたのに、ついうっかり道を間違えて遭遇し、まんまと絡まれてしまったのだ。

そう、貴族に‼

用件はもちろん、「お前には不相応な、その美しい鳥を寄こせ」だった。「俺と契約を交わした従魔です」って言ったのに、まったく聞き入れてもらえなくて。あの時は本当に大変だったのだ。

最後は力業(ちからわざ)で、ダッシュして逃げたんだよな……。

その結果が、ほぼ毎日の待ち伏せだ。今日の奴らも、その貴族絡みかどうかはわからないが。

門から見えない場所で、カバンから丈の長いローブを取り出して羽織ると、通行証を警備の人に見せ、すぐにフードを深く被ってアディーを入れた。

『よし、右に行くよ』

森を歩いていた頃のようになるべく気配を殺し、門を出て右へと歩き出す。

門から死角になる物陰に、アディーが言っていた男たちがいることに気がついた。

向こうはまだ俺たちに反応していない。

『行くよ、アディー』

　そっと足音を殺し、通り過ぎる。一本目の路地に入ろうと歩いていると、後ろの気配が動いたのを感じた。

　すぐに身体に巡らせていた魔力を操って足に風を纏わせ、ぐっと踏み込んで一気に細い路地へと飛び込む。

　そのまま風を操作して飛び上がり、体を押し上げて屋根の上に着地した。

『良かったー、落ちなかった』

『……ふん。風の使い方が少しはマシになってきたな。まあ、まだまだだが』

『ははは……。アディーは相変わらず厳しいな。今日はこのまま、屋根の上を伝って家に戻ろうか。買い物をしなくても夕飯の食材はあるし』


　やっとのことで家にたどり着き、待ちくたびれて拗ねているスノーをかまい倒し。

　今は夕飯の支度をしているところだ。

「図書館の本を、それこそ全部読み切るまで通いたいけれど、そろそろ限界かなー……」

「え、何？　アリト君、もうすぐ王都から出て行っちゃう予定なの？」

「あ、お帰りなさい、リナさん。どうでした？　いい薬草ありました？」

　背後から声をかけられ、リナさんの帰宅に気づかなかったことを知る。

「ええ、欲しい薬草はあったわよ。たくさん採れたから、あとでアリト君にもおすそ分けするわね」

「ありがとうございます！　じゃあ納品する薬を作るの、手伝いましょうか？」

「お言葉に甘えて、お願いしようかしらね。アリト君がいて助かるわぁ」

リナさんが嬉しそうにするのを見て、俺も思わず頬が緩む。

「もうすぐ夕食の支度が終わりますので、荷物を置いたら下りてきてくださいね」

「わかったわ」

リナさんは、『深緑の剣』として活動していない時は、薬師として討伐ギルドの依頼を受けている。だから王都にずっといるわけではなく、街の外へ必要な薬草を採りに出る時もある。これまでも、泊まりがけで採集に出たこともあった。

今日は王都近辺で採れる薬草で作れる薬が急ぎで欲しいという依頼を受けたために、朝から出かけていたのだ。

「俺も一緒に採りに行きましょうか？」と申し出たこともあるのだが、一人で採取できる分しか依頼を受けていない、と言って断られてしまった。

だからせめてと思って、必要な薬草が俺のカバンの中にある時は、提供したりした。そのお返しとして、リナさんは今回のように外に採集に出た時に、俺の分まで多めに採ってきてくれるのだ。

その他にも、薬を作るのを手伝っている。でも俺の場合は師匠から教わった独自の作り方で、リナさんみたいなお手本のような製法ではない。だからリナさんと一緒に薬を作ると教わることが多く、俺からしたら申し訳ないばかりだ。

「凄くいい匂い。今日もアリト君のご飯は美味しそうね」

「夕食の献立は、この間から煮ておいたシチューに、パンとサラダと鳥の肉の照り焼きです」

いつもお世話になっている恩返しではないが、俺は食事の支度は全力で取り組むことにしている。そう、俺が美味しいと思える料理を、遠慮なく作っているのだ！

王都は食材が豊富だから、日本と似た味の野菜や果物なども、それなりに見つけることができている。

「やったぁ！　照り焼き好きなのよー。まあでもアリト君だからこそ、あの調味料を使って照り焼きの味を出せるのよね。さあ、食べましょう！」

ふふふふふ。そう、俺はついに見つけたのだ。あっちでもこっちでも、出歩く度に向けられる悪意や下心がある視線をかいくぐり、王都の庶民向けの朝市から大通りの店まで、ありとあらゆる食材の店を網羅して！

なんと、醤油！　醤油に似た調味料を発見したのだっ‼

見かけは茶色の濁った液体だが、香りがどことなく醤油を思わせて、店の人に味見を申し出てみた。そして口にした瞬間、嬉しさに叫び出しそうになり、すぐに値段も確かめずに買い占めたのだ。

その調味料は南の小国で独自に作られているもので、シオガという名前だった。王都でもほとんど入荷がないらしい。店の人に聞くと、シオガの原料は豆を使っているかは不明だが、その国独自の物を使っているとのことだ。だから醤油とはどことなく味わいは違うが、それでも十分醤油として使えた。

ただ、米はどこを探しても見つからなかった。穀物としてではなく、もしかしたら飼料にでもなっているのかもしれない。今度は飼料を扱う店も見にいく予定だ。

「ねえアリト君。そろそろ限界って、さっき言っていたでしょ。やっぱり近々王都を出ることにしたの？」

「あ、いいえ。すぐというわけではなく、まだもう少し調べ物があるので、それが終わったら出ようと思っています。このままだと皆さんにも、ご迷惑をおかけしてしまうことになりそうなので」

「やっぱり、まだこの間の連中に絡まれているのね……。私たちの今の依頼主って、ほぼ国か王族か、馴染みの貴族からなのよ。だからこの家にいれば、表立っては手出しできないと思うのだけれど……。まあ、上流階級の人たちの身勝手さは、上限知らずだものね。貴族でも上り詰めればちゃんとした人が多いのだけれど、中途半端な層がうざいのよね。私も特級パーティになるまでは、かなり絡まれて大変だったのよ」

リナさんがため息をつきながら言った。

ここに俺が居候しているからこそ、恐らく今のように柄の悪い連中を雇って、ちょっかいを出してくる程度で済んでいるのだ。

「でもアリト君、もうちょっとだけ我慢してね？　もうすぐガリードたちが、家族を連れてアリト君に会いに王都に来るのよ。だから王都を出るのは、皆と会ってからにしてくれないかしら？」

「ええ。俺もガリードさんたちには、もう一度会ってお礼をしたいですから。本当に俺一人だったら、王都では何もできませんでしたよ。リナさんにもこうしてお世話になっていますし」

皆と出会わなかったら、俺は図書館に通うこともできずに、すぐ王都を出ることになっただろう。そう思うと、本当にありがたい。

「ふふ。私も美味しいご飯を食べられて幸せよ？　もう少しで来るから、頑張って耐えてね」

「はい。アディーがついてくれていますし、なんとかやり過ごしてみます！」

アディーの偵察と案内がなければ、とっくに捕まって今頃どうなっていることやら、だ。

ガリードさんたちが来るのなら、美味しいものをたくさん作ろう！

とりあえずそれまでに、なんとか手がかりを見つけないとな！

第十六話　発見と宴(うたげ)

「こ、これだ」

明後日には、ガリードさんたちが家族を連れて王都に到着するという日。

やっと図書館で、探し求めていた「違和感」を発見することができた。

そこは閲覧用の席からほど近い本棚で、誰もが気に留めずに通り過ぎていく、そんな一画だった。俺が違和感に気づけたのは、手がかりを探して全ての本棚の背表紙を舐めるように見ていたからだ。最初から疑(うたが)ってかからないと、発見できなかっただろう。

その本棚に置いてあるのは、子供向けの読み書き計算の本や、誰もが知っている童話など、図書館を利用するような人は、誰も今さらここで読まないだろう、というものばかりだ。

そしてその本も、一見すると他の本と同じく、常識的な内容をまとめた本と思わせる題名だった。しかし――『ナブリア国地域別風土』と書かれた題名の脇に、よく見ると小さい文字で、わざわざ『死の森まで』と書いてあったのだ。

中には、この国の一般的な森や草原の位置、その場所の気候などが綴られている。

ただし本の最後に、『死の森』についての記述が一ページだけあった。

この世界の認識では、『死の森』とは魔力濃度が高く、上級の魔物や魔獣が棲む辺境の地、だ。

討伐ギルドの特級パーティでも、『死の森』の浅い場所でさえ、よほどのことがなければ近づかないと言っていた。

師匠があそこで暮らせているのは、師匠の実力が並外れている上に、従魔の皆が強いからだ。

逆に言えば、師匠や従魔の皆と同じくらいの強さがなければ、『死の森』を自由には歩けない、ということでもある。

だからこそ、副題までつけて『死の森』のことを記述してあるというのは不自然だと思った。『死の森』を説明するとしても、「上級の魔物や魔獣が棲む、人が立ち入ることのできない秘境」という一文で事足りる。だって、『死の森』を知る人など師匠以外にいないのだから。

実際、これまで図書館の本を片っ端から読んでいたが、『死の森』についての記述があったとしても、それくらいだった。

例外として植物図鑑に『死の森』に生える薬草の記述がきちんとあったが、これは師匠が情報を提供したのだろうと推測している。

そして、肝心の『ナブリア国地域別風土』の、『死の森』に関する記述は。

【魔力濃度が高い秘境の一つで、強大な魔物や魔獣ばかりが棲息している。人が生きていくのは困難な環境であり、ほぼ立ち入ることはない。

他の秘境が大陸の端にあるのに対し、なぜこの『死の森』は大陸中央部にあるのか。火竜が棲む山脈が原因となって、周囲の森の魔力濃度が高くなっているという推測もできるが、実際のところは不明である。

そもそも、なぜ魔力濃度が極端に高い秘境が存在するのか?

東の秘境である霊山はエルフや妖精族の、『死の森』の南にある火竜の棲む山脈に連なる山はドワーフ族の、西の秘境には特殊な獣人族の発祥の地とされている。

北の秘境は、秘境に面しているアルブレド帝国が他国との国交をほぼ行っていないため、不明である】

他の本に比べると、『死の森』や『落ち人』が落ちるとされる辺境の魔境についての記述が明らかに多い。

そして、最も気になるのは、この本の最後のページにある著者のサインだ。

恐らく、この世界の人は皆、ただの作者独自のサインだと思うだけだろう。

けれど——これ、よく見ると英語に見えるんだよな。訳すと、『北へ行く』、だ。

この本の作者は、『落ち人』なのだろうか。

もし作者が『落ち人』で、『死の森』に落ちてきたのだとしたら。

なんとか生きて人里にたどり着き、『落ち人』のことや、なぜ『落ち人』がこの世界に現れるのかという答えを求めて、大陸の辺境の魔境について調べたのかもしれない。

けれど北の辺境にある魔境については、国交がなく調べられなかった。だから北へ調査しに行く、というメッセージをこの本に残した。

最後のページのサインを見た時、なぜかそれで間違いないだろうという確信が生まれたのだ。

確か、各国の特徴をまとめた師匠の手紙には、北のアルブレド帝国について、人族主体の国と書かれていた。様々な種族がいて異種族間に生まれた人も普通にいるこの世界の中で、唯一の人族主体の国だ。

クラウスと書かれているこの本の著者の――『落ち人』の目的地は、北の辺境にある魔境であって、アルブレド帝国ではないが……。

……とりあえずガリードさんたちが来たら、帝国のことを聞いてみよう。それから次の目的地を考えても、遅くはないよな。

頭の中を整理するためにも、今日は食材を買って帰ろう。そして宴の準備だ。ああ、商人ギルドの直営店に行って、新しい物が入ってないか見てみようかな。

図書館を出ると、まだ夕暮れ前だったからか、門前での待ち伏せの人数も少なく、難なく避けて通ることができた。いつも閉館時間近くまでいたからな……。

『アディー、商人ギルドに寄りたいんだ。馬車を使っても大丈夫かな？』

『今の時間なら大丈夫だろう。念のため、乗り込むのは次の停車場にしておけ』

『わかった。ありがとう。じゃあ馬車に乗っている間は、先に偵察をお願いな』

『ふん。仕方がなかろう』

商人ギルドは大通り沿いにあり、北の貴族街近くの図書館とは結構離れている。なので馬車に乗って移動したほうがいい。

そうだ。時間もあるし、どうせなら飼料屋にも寄って、米のような物がないか確認しよう。

今日済ませること、これから数日の間に済ませることを確認しつつ、馬車に乗って商人ギルドへと向かったのだった。


「ただいまー。なんか、いつもよりさらにいい匂いなのだけど。アリト君、何を作っているの？」

「あ、おかえりなさい、リナさん。ガリードさんたちの歓迎の宴に出す料理の下準備のついでに、調味料を仕込んでいます」

商人ギルドの直営店では、ちょうど何日か前に入ったという海の魚の塩漬けと干物を手に入れることができた。

この国は海に面しておらず、西か南の国から輸入するしかないので海の物は貴重なのだ。

近隣の村で飼育している鳥系の卵や、乳も手に入った。どちらも鮮度が命な上に、この世界では卵や乳のために獣を飼育することは難しいため、王都でも入手困難な食材だった。

卵は大量に買って、今日使わない分は念入りに魔力で包んでカバンの中に入れた。乳はカバンに入れても何日も保存はできないだろうが、卵ならそれなりにもつと思う。

他にも何種類もの野菜や果物、それに肉も仕入れてきた。

ギルドの後は飼料屋へ行って、小麦のように穂先に実る作物を知らないか？　と聞いてみた。この世界でも実り方が同じだとは限らないが、曖昧に尋ねるよりも確実だろうと思ったのだ。

商人ギルドで聞いても手がかりはなかったから、期待はしていなかったのだが――なんと、東と南の国で、それらしい物を飼料にしているのを見たことがある、という答えが返ってきた！

やったぞ！　米がある、かもしれない！

この世界には、見た目は違っても、味は地球のものと同じような野菜や果物があるから、きっと米だってあるはず！　と希望を持って、ずっと探していたのだ。日本米は改良に改良を重ねたものだから、あのもっちりとした食感は無理でも、米に似た作物はあるに違いない、と。

「そうだ、リナさんはエリンフォードの出身でしたよね。麦に似た、穂先に実をつける作物を見たことはないですか？　店員さんに、東の国で見たことがあるって聞いたのですが。多分、湿地帯とか、水がある場所に生えていると思うんです」

「え？　薬草ではなく？　うーん、どうだったかしら。……あ、もしかして。飼料とかにしている、堅い小さい粒のやつかしら？」

「そう！　それです！　やっぱりあるんですか？」

「えーと、どこだったかしら。どこかで見た気がするわ。確かにエリンフォードだか、この国でも東部の方だったわね」

「やったー！　ありがとうございます！　絶対探しに行きます！」

「アリト君？　あれってもしかして食べられるの？　美味しい、とか？」

「そうですねー。美味しいかどうかは品種にもよるんですけれど、食べ慣れたら美味しいと思いますよ？」

やっと希望が見えてきたぞ！　俺はパンよりも、米派なんだよな。元々一日に一度は米を食べないと、気が済まないタイプなのだ。

「ふ、ふうん？　ね、それで今は何を作っているの？」

「ああ、すみません。これは色々と調味料を作っているんですよ。この家は魔道コンロが四つもあって、煮込み作業をするにはもってこいですしね」

　今は様々な野菜を大鍋で煮込んでソースを作っている。ウスターソースもどきやデミグラスソースもどき、ソースではないけれどコンソメもどきを作る予定で煮詰めているのだ。

　あとで師匠にも、このソースは送ってやらないとな！　瓶に詰めてカバンの中に入れておけば当分持つだろう。

「……やっぱり王都を出るのね？」

「ええ。ほぼ用事は終わったので、ガリードさんたちが来たら、支度をして王都を出ようと思っています。……そろそろあの連中を避け続けるのも限界ですし、スノーもいい加減、外で思いっきり走らせてやりたいですしね」

「そうよね……。わかったわ。でも行き先は決めているの？」

「いいえ、まだなんですよ。これから決めようかと思っています」

「……そう。決まったら、よければ教えてね。それで、今日のご飯は何なのかしら？　この匂いで、凄くお腹が空いてきたわ」

　寂しそうな表情から、いつもの笑みを浮かべてくれたリナさんに合わせ、明るい声を出して答える。

「今日は新鮮な卵と乳が手に入ったので、オムレツとフレンチトーストに、野菜スープです。今から焼きますから、出来立てですよ」

「それはいいわね！　じゃあ荷物を部屋に置いてきちゃうわね！」

料理名など『深緑の剣』の皆は気にしないので、日本の料理名をそのまま言っている。『死の森』で見つけた胡椒っぽい香辛料を使った時も、誰も突っ込んで来なかったから、もう使い放題だ。

リナさん曰く、「アリト君のご飯は美味しいから、何が使われてようとどうでもいい」とのことだ。おかげで気兼ねなく、全力で美味しい料理を作れている。

「せっかくコンソメっぽいものを作っているし、これに具を入れてスープにして。デミグラスソースができ上がったら、ガリードさんたちが来るまでの間、牛肉っぽい味の肉でビーフシチューもどきをじっくり作るのもいいな」

明日はあの本の著者――『落ち人』だろう人の書いた本が他にもないか、図書館で調べるつもりだ。

それで手がかりを得て、ガリードさんたちが来たら、約束通りこの王都で手に入れた食材を駆使して、とっておきの美味しい料理を作って皆で食べよう。

そうしたら――……。

どこに行こうか。

……いや、今はとりあえず夕飯をさっさと作って、リナさんと食べよう。

また明日から、自分の旅の目的のために動き出すのだ。

だから今日は美味しいご飯を食べて、スノーを思う存分もふもふして、それからゆっくり寝よう。

◆　◆　◆

カラカラカラ。

うん、いい音だ。もうそろそろいいかな。

今日到着するガリードさんたちと、その家族のための宴の料理を、朝からずっと作っている。仕込みは、ここのところずっと夜にしていたのだが。

今日作るのは、全てとっておきの料理だ。

今は『死の森』で搾った植物油で、揚げ物各種を揚げているところだ。鳥の肉のカラアゲに、豚っぽい味の肉でトンカツ。あとはフライドポテトもどき！　細いヤツじゃなくて、太くてホクホクするヤツだ。

植物油は王都でも見かけなかった。だから在庫をやりくりしなければならないのだが、今日は椀飯振る舞いだ。

商人ギルドの直営店で生姜のような風味の根菜を見つけたので、大量に購入してカバンに入れておいた。ここら辺の物ではなくて値段は高めだったが、それだけの価値はある。

だから今日のカラアゲの肉は、シオガと生姜で下味をつけた。

トンカツも、塩と胡椒っぽい香辛料で下味をつけた肉を、溶き卵と小麦粉にくぐらせ、パン粉をつけて揚げたものだ。

新しい材料が手に入る度に、どんどん美味しくなっていく。

ふふふ。師匠に言ったら、『死の森』から食べにくるかな？

つい、トンカツを美味しい、美味しいと言って食べていた師匠の顔を思い出し、一瞬帰りたいと思ってしまった。

今ごろ師匠のもとへ、ソースとかは届いているだろうか。

旅に出た時、連絡用にと送ってくれた師匠の鳥は、普段はアディーが手下みたいに使っているのだが、今は師匠のもとへシオガやこの間作ったソース類、あとは珍しい食材を入れた小型のマジックバッグを持たせて使いに出している。もちろん、これまでのことを書いた手紙も一緒に入れておいた。

あとは作るべきは、ハンバーグだな！　子供も来るし、ここらへんは宴の定番だろう！

マヨネーズも欲しいところだが……。浄化を使って殺菌すれば、卵についている菌は大丈夫だろう。ただ、マヨネーズは中毒性がありすぎるし、日持ちしない上に、衛生管理が面倒だからな……。

ガリードさんたちが妙にハマってしまっても悪いから、そこは自重した。卵もそう簡単に手に入る物ではないしな。まあ旅に出たら、自分の分は作って食べる予定だ。

あ、一度試しに作ったものを、師匠の荷物には入れておいたぞ。もちろん、魔力で覆ってマジックバッグに入れて。一応、作り方のメモもつけておいた。師匠なら浄化魔法で殺菌もできるから、自分で作る分には平気だろ。……まあ実際に作るかは知らないけどな！

「生姜焼きにコンソメスープと、芋でポタージュスープも作ったし。シチューもクリームシチューとビーフシチューもどきを作っただろ。あとは昨日から塩抜きして干しておいた海の魚を焼いて、と。最後に生野菜サラダを作ればいいかな。植物油と果物の汁で、ドレッシングも作ってあるし。あ！　デザート用に、スイートポテトとパンケーキを作るか！」

材料的に揃ってきたから、デザートも簡単な物なら作れるよな。

フンフンフーンと鼻歌を歌いながら、次々と料理を仕上げていく。

最初にこの家に着いた時は、ホールなんてあってどうするんだ？　と思ったけれど、こういう宴の時はいいよな。

あるだけのテーブルを、リナさんとホールに出しておいたから、その上にどんどんでき上がった料理を並べていった。

今リナさんは、モランの知らせを受けてガリードさんたちを門まで迎えに行っている。

『アディー、ガリードさんたちはどう？　もうそろそろ着くかな？』

『ああ、もうすぐ……お、着いたようだ』

ピッタリだったな！　よし、出迎えに行くか。俺の方が居候なんだけどな！

「アリトー！　来たぞ！　ちゃんといるかーっ？」

ちょうど玄関扉の前に着いた時、バーンッという音とともに扉が開き、ガリードさんたちが入ってきた。

「お久しぶりです、ガリードさん。ちゃんと居候させていただいていますよ。本当にありがとうございます」

「ガッハッハ！　元気そうで良かったぞ！　俺とお前の仲だ。そんなこと気にするな！」

いや、どんな仲だというのか？　バンバンと背を叩かれるのも懐かしいけどな。

ガリードさんの後ろからは、ミアさんやノウロさん、そして家族だろう人たちがどんどん中へ入ってくる。

「ふふふ。本当よ、アリト君。遠慮なんていらないのよ？　だから私の家の子になってくれてもいいからね」

「ミアさん……。お久しぶりです。美味しい料理をいっぱい作っておきましたよ」

相変わらずのミアさんに続いて、ノウロさんがやってきた。

「くすくす。アリト君、ありがとう。旅の間にすっかり君の料理に慣れてしまっていたから、アリト君の料理が食べられないことが、ちょっと辛かったよ」

「なぁに？　貴方ったら、私の料理がまずいって言いたいの？　あの仕事から帰って来て以来、変な顔してご飯を食べていると思ったら！」

ノウロさんの隣にいる女性が、むにっとノウロさんの頬を思いっきり引っ張って声を上げた。

「い、いや、アマンダ。君の料理は君の料理で、いつも美味しいよ。ただアリト君の料理はちょっと普通じゃないんだ。君も今から食べればわかると思うよ。そうだ、アリト君！紹介するよ。俺の妻のアマンダ。それと、この子たちはアリアとダリア、双子なんだ。アリト君より少し下で、今年十二歳になるよ。ここにいる間、仲良くしてやってくれ」

詰め寄られてたじたじだったノウロさんが、頬を引っ張った女性と、その後ろからぴょこんと顔を出した可愛い子たちを紹介してくれる。

奥さんのアマンダさんも、豹の獣人なのか。濃灰色のノウロさんと同じような耳に、灰色の髪、金茶の目の、スラリとした体躯の美人さんだった。

双子だという姉妹――黒耳、濃灰色の髪、金の目のアリアちゃん、濃灰色の耳と薄い灰色の髪に金の目のダリアちゃんは、色は違っても顔立ちはそっくりで、大きい目がくりくりとした可愛い感じの女の子だ。

「俺はアリトです。ノウロさんたちには、とてもよくしていただきました。よろしくお願いします」

「まあ礼儀正しい子ね。私はアマンダよ。よろしくね。貴方の料理、とても楽しみだわ。ほら貴方たちもご挨拶しなさい」

アマンダさんに背を押されて、もじもじと双子の姉妹が前に出てきた。スカートから出ている、耳と同じ毛色の尻尾がぷるぷるしていて、とても可愛らしい。

「……あたしはアリア」

「あたしはダリアよ」

「よろしくな、アリアちゃん、ダリアちゃん。美味しい物をいっぱい作ったから、たくさん食べてね」

あまりの可愛さに、つい屈んで目線を合わせ、そっと頭を撫でてしまった。耳も撫でたいが、我慢だ！　尻尾も可愛すぎる！

「おっ！　ノウロ、抜け駆けしているな！　アリト、俺も家族を紹介するぜ。妻のナリサと、息子のガリルだ！」

ガリードさんの奥さんのナリサさんは、見事にボンキュッボンな大柄な美女だった。赤い髪に赤い目で、いかにも火の魔法が得意って感じだ。ガリルくんは十四歳くらいだろう。両親が大柄なせいか体格がよく、がっちりした感じだ。

「私も紹介するわね。旦那様のウェインと、息子のエラルド、娘のメリルよ。エラルドが十五歳で今年成人したの。メリルは十三歳。アリト君と同じくらいよね？」

ミアさんの旦那さんは、想像通りというかなんというか。背が高くて細身で、銀の髪を後ろに撫でつけている。メガネを掛けていて、優しそうな風貌のいかにも紳士的な感じだった。

そんな旦那さんに似たのか、息子のエラルドさんもスラっと細身で背が高く、一見、優しげな美形の王子様タイプに思える。……『一見』というのは、微笑んで挨拶してくれたが、その笑顔がミアさんを連想させたからだ……。

メリルちゃんはミアさん似で、小柄な可愛い感じの子だった。ミアさんに性格は似ないで、そのまま育って……と思っていたら、なんか今、ミアさんから冷気が‼　……ミアサンモ、タイヘンカワイラシイデス。

「えー、えっと……俺はアリトといいます。皆さんには大変お世話になりました。よろしくお願いします。あ、あと俺の従魔で、スノーとアディーです。ホールに食事を用意してありますので、皆さんが荷物を置いたら食事にしましょう」

挨拶を交わして皆が部屋に荷物を置きに行くのを見送ると、料理の仕上げに入る。

椅子は壁際に置いて、テーブルだけ真ん中に。人数が多いから、立食でも座っても食べられるようにしたのだ。

飲み物もリナさんに聞いて、皆の好みの酒や果物を搾ったジュース、お茶などを用意してある。

「おおっ！　すっげーな、こりゃあっ！　見たこともない料理が、いっぱいだ！　どれも美味そうな匂いでたまらないぜ！」

「本当に美味しそうね！　ふふふふ。私も楽しみにしていたのよ」

「うん、凄く美味しそうだ。こんなに豪華な料理を食べられるなんて、とても嬉しいよ。ありがとう、アリト君」

ガリードさん、ミアさん、ノウロさんが口々にそう言ってくれた。

ちょうどデザート以外の料理をテーブルに並べ終わった時、他の人たちもぞろぞろとホールへと戻って来た。料理を見る皆の目が、キラキラと輝いている。

「すっごいわよー。アリト君、何日も前から下準備していたんだから。もちろん、毎日のご飯も、何を食べても美味しいんだけどね」

「「ずるいぞ、リナ‼」」

「ふふふふ。じゃあ揃ったらいただきましょう。せっかくアリト君が作ってくれたのだから。冷めてしまったらもったいないわ」

微笑んでそう言ったリナさんに、ガリードさんも頷く。

「おお！　じゃあ俺たちとアリトの再会を祝ってだな！　いただこうか！」

「好きなものを好きなだけお皿に取り分けて、食べてくださいね」

この家では、前に何度かパーティーを開いたことがあるそうで、食器やカトラリーは大量にあった。

　それを皆に配りながら、そんな風に声をかける。

　そうしてキラキラとした瞳のまま、それぞれが皿に取り分けた料理を一口食べ、蕩けそうな笑みを浮かべて歓声を上げた。

「「「「「「「「美味しいーーーーっ‼」」」」」」」」

　皆、色々な料理を夢中で食べてくれている。家族の方々も笑顔で絶賛してくれた。これで少しは恩返しになっただろうか。

　ガリードさんは、トンカツとカラアゲか。好きそうだと思ったんだよな。ミアさんはビーフシチューが気に入ったみたい。ノウロさんは生姜焼きだな。子供たちはやっぱりハンバーグか。

　俺が皆の喜ぶ顔を見て満足していると、ナリサさん、アマンダさん、ウェインさんに作り方を教えて欲しいと頼まれた。やっぱりウェインさんが主夫をしているんだな！

「ええ、いいですよ。ただ、一部の料理には特殊な調味料を使っているので。王都で手に入る調味料を使った料理しかお教えできないと思いますが。それでもいいですか？」

　そう言うと、三人ともまったく問題ないとのことだった。

　そんなに気に入ってもらえると、とても嬉しい。頑張って作った甲斐があるというものだ。

やっぱり『深緑の剣』の皆が選んだ相手だよな。家族の人も全員、いい人そうだ。毎日図書館からこの家に戻る度、出会いに感謝していた。俺に手を差し伸べて、守ってくれていた皆に。

その厚意に応えるために、せめて俺からも何かしたいと思い、料理の下準備以外にもこのところ毎晩寝る前に贈り物を作っていた。

明日は調味料を売っている店を教えて。明後日は料理を教えて。それが終わったら、俺は王都を――この家を出よう。

俺が心を込めて作った料理は、皆美味しいと笑顔で食べてくれている。贈り物もどうか、皆の助けになるといいのだが。……負担にもなるかもしれないのが、心苦しいけれど。

「なんだよ、アリト！　お前、こんな美味い料理を作ってくれたっていうのに、こんなところで一人でいるなよ！　ほら、来い！　せっかく子供たちもいるんだ。たまにはお前も、同年代に混ざって楽しんでこい。本当に美味い飯を、ありがとうな！」

わいわいと楽しそうに料理を食べる皆を眺めていたら、ガリードさんに手を引かれ、子供たちの方へと連れていかれた。

それからは子供たちに食べ方を教えたり、デザートを作って出したり、スノーをじっと見ていた双子ちゃんと一緒にスノーをもふもふしたりして楽しんだ。スノーも小さな女の子の可愛い耳と尻尾に興味津々で、久々にご機嫌だったぞ。

他の人たちとも話をしたよ。ウェインさんとエラルド君はやっぱり腹黒だった……。いや、深くは語るまい。

そして明日は皆で王都散策（さんさく）することを、ガリードさんたちと約束した。

明日の約束をするのも、あと何回か。

もうちょっと。もうちょっとの間だけ。

優しい人たちに囲まれ、ただの子供のように笑って過ごして、それから……さよならをしよう。

第十七話　新（あら）たなる旅立ち

「やーっ！　スノーちゃんも一緒に行くー！」

「ねー、スノーちゃん。スノーちゃんも一緒に行きたいよね？」

我儘（わがまま）を言う、耳尻尾つきの双子の姉妹。耳がペションとなって、涙目で長い尻尾をふるふるしている。か、可愛すぎるのだが！

昨日の宴で、すっかり子供たちとスノーは打ち解けていた。まだ成獣前のスノーは、やはり子供と馬が合ったらしい。

　ガリードさんたちは家族に、スノーのことをいい子だってさんざん話をしたらしく、子供たちも最初から怖がってはいなかった。俺が毎日ブラッシングしているから、つやつやの毛並みだしな！　いいもふもふなのだよ！　俺のスノーは！

　俺は朝のうちに、王都では結局スノーを連れ歩いていないこと、アディーだけ連れているが貴族に絡まれていることを説明した。

　だから、今日もいつもの通り、街にスノーは連れていかないと、言っておいたのだ。

　本当にスノーにはかわいそうなことをしていると思っている。いくら中庭があっても、窮屈な思いをさせているのだ。それを考えても、やはりさっさと王都を出ないとな。

「ごめんね。スノーはちょっと王都では目立ち過ぎちゃうんだ。帰ってきたら、また遊んでくれないかな？」

「「いやーーっ、一緒に行きたいの！」」

「こら、アリア、ダリア。無理を言っちゃダメだぞ。スノーはアリトの従魔だ。村の犬とは全然違うんだぞ」

　ノウロさんが優しく諭すも、双子の姉妹は引き下がらない。

「でも、だって、スノーちゃんだけお留守番だなんて、かわいそうだもの」

「うんうん、かわいそうだもの！」

　……と、いうことで最後は「大丈夫だ！　何かあったら俺がガツンと言ってやるからよ！」とのガリードさんの言葉で、結局スノーも連れて全員で王都観光に出かけた。アディーとモランは空だけどな。

スノーがいてもいなくても、結局大人数である上に奥さんや旦那さん、子供までみんな美形が多いから、かなーり注目されたけれどな！……俺とガリードさんは別枠だが。

あちこち見て歩きながら、俺は食材を買ったり、皆がそれを見て買ったり。

……なんか王都食材巡りになっていたよ。宴の料理が本当に美味しかったらしく、皆が食に目覚めたみたいなんだよな。

そんな調子で街の中ではずっと注目を集めていたが、絡まれることもなく無事に家に戻ることができた。

翌日は、リクエストのあった料理教室を開いた。昨日はまだ再入荷していなかったので、買い占めたシオガや生姜もどきをそれぞれの家庭に分け、他の調味料も少しずつ渡した。それを使って、教えながら夕食を皆で作ったのだ。子供たちも、料理は無理って言っていたガリル君以外は、一緒に手伝っていた。

エラルド君は成人したから、家を出た時のためにとニッコリ笑って熱心に料理をしていた……。王都に売っていない物は手に入りづらいって伝えたのだが、あのエラルド君の様子を見る限り、なんか店を出した時の儲けまで計算してそうな……。

いや、料理を他の人に教えたり、広めたりするのは、俺の名前を出さなければ別にかまわないのだ。そのことも、伝えておいた。

　ソースとデミグラスソースもどきも、作り方を教えながら改めて作った。一日中料理教室で、ずっと人が作るのを見ているだけでは時間がもったいないから、灰汁を取りながら煮ていたのだ。家々で独自の味になっても面白いと思うから、野菜はあるヤツで、と伝えた。

　長時間煮詰めたり、煮た物を漉したりするという発想はこの世界になかったらしく、新鮮だったようだ。

　揚げ物は、素揚げの料理ならあったという。でもやはり獣の脂肪から油を採るとのことで、俺が揚げた物はさっぱりしているし、衣もついているし、美味しいしで驚いたそうだ。

　さらに翌日には、一人で図書館へ向かった。王都を出る前の、最後の確認のためだ。明日、挨拶をして王都を出ると決めたから。

　あの『落ち人』だろう、クラウスという著者が書いた本は、あれから三冊見つけていた。それぞれ別の本棚に、『南方地域別風土』と『西方地域別風土』、そして『東方地域別風土』という題の本があったのだ。全部きちんと副題に小さく『辺境地まで』、と入っていた。

　こうして揃えてみると、明らかに手がかりを残してくれているのだとわかる。シリーズとして発行していないのは、並べて置かれると目立ってしまうためだろう。

各本の辺境地を書いたページには、さりげなく全てに『不明』という文字が書かれていた。恐らく『落ち人』の手がかりを求めていったが、見つからなかったのだと思う。

だから『北へ行く』と書かれていた最初に見つけた本が、著者が最後に書いた本だったのだろう。

北の辺境地へ行けば、その後の彼の足跡を知ることができるはずだ。ここまでお膳立てしてくれた人だ。間違いなく手がかりを残してくれている――なぜか、そんな気がした。

だから、俺が行き先を迷う必要はない。『落ち人』の手がかりを探すための旅なのだから。

でも……。

料理教室をした日。皆で作った夕飯を食べた後、ガリードさんたち『深緑の剣』の四人と、俺だけで話をした。

「やっぱりアリト君は王都を出て行くんだよね？　次はどこへ行くのか決めたのかな？」

リナさんが話をしたか、俺の雰囲気で察したか。そうノウロさんから切り出されたが、引き止める言葉が続かないことに、居心地の好さを感じる。

「……はっきりとどことは言えませんが、ここから北へ行こうと思っています。育ててくれた爺さんが、紹介状を書いてくれた相手がいるんです」

唯一この国に住んでいるという人は、北の国境の手前にあるミランの森にいることを思い出したのだ。なので、とりあえずそこを目指そうと決めた。

「北、か……。その紹介状の相手に会いに行ってから、さらに北へ……アルブレド帝国へも行くのか？」

そうガリードさんに問われ、いい機会なので俺も聞いてみることにした。

「……ガリードさんたちは、特級パーティとして国との繋がりがありましたよね。アルブレド帝国のことは、どれくらい知っているんですか？」

「あそこは人族主体の国で、俺たち獣人や他の種族はほとんど住んでいないよ。特に獣人はいい仕事につけないし、街でも生活しづらいと聞いたことがある。だから今はもう、親戚がいるとかじゃないと、あの国には住んでいないんじゃないかな。獣人と人族との間に生まれた人もいるにはいるらしいけれど、国を出た人の方が多いだろう」

ノウロさんは苦々しい表情で答えてくれた。

「……人族以外の種族は、不当な差別を受けていたり、無理やり従属させられていたりするんですか？」

「いいや。俺たち獣人は、人族よりも力が強いだろう？　だから力で無理やりってことは、ほぼ無理だろうね。それでも家族を人質に取られることはあるかもしれないけれど、ごく一部じゃないかな。アルブレド帝国は他国との国交がほとんどない国だけど、かといって、国境を全部壁で封鎖するのは無理だから、あの国が嫌なら出ることはできるんだよ。獣人に限らず、力の弱い妖精族だって、森へ入れば人族が後を追うことは不可能だし」

海や山脈で囲まれていない限り、国境を完全に封鎖するなんて無理だよな。だから種族の特性を生かせば、いくらでも自由に出て行ける、か。

「そうよね。私たちエルフも、あの国には寄りつかないわね。エリンフォードも、国境の森は帝国に繋がってはいるのだけれど」

「今あの国にいる人族以外の種族は、自分で好き好んで住んでいる人くらいだね」

リナさんに続き、ノウロさんがそう言ってまとめた。

話を聞く限りでは、無理やり他種族を奴隷にしていることはなさそうだな。

まあ、帝国の隣には差別がない国があるんだから、確かに嫌なら出て行くか。人族主体で国交をしていない国、と知った時の一番の気がかりがなくなったことで、少しだけ安堵した。

……そういえば奴隷って聞かないけれど、この世界にはいないのか？

「ありがとうございます、ノウロさん。ちょっとだけ安心しました。確かに、自分から行きたい国ってわけじゃなさそうです。ついでに聞いてしまいますが、この国や他国に奴隷っているんですか？」

ちょうどいい機会だし聞いてしまえ、と勢いで尋ねる。

するとガリードさんが眉間に皺を寄せ、渋い声を出した。

「……あー、いるな。一応」

「はっきり説明した方がいいわよ、こういうのは。アリト君、一応大きな国ではね、犯罪者を強制労働に従事させるため、刑の間は奴隷にするのよ。犯罪者以外の人が奴隷になったり、売り買いされたり、そういうことは今はもうないわ。昔、それで大事になったことがあるの。それこそ大陸をまたいで、国と国との争いに発展しそうになったほどのね。だから今は大陸の国々で協定を結んで、いないことになっているの。もしアリト君が、旅の途中でそんな取引や、奴隷にされた人を見かけたら、通報してあげるといいわ」

そう、にっこりと笑いながらミアさんが教えてくれた。

ミアさんの黒い笑顔を見る限り、表向きには奴隷はいないし、奴隷商人もいないことになっているけれど、裏ではやっぱり存在するってことだな。

でも、協定が結ばれ取り締まりが行われているのなら、通報すればその人は助かる、ということだ。

「あ、ありがとうございます。……北には行きますが、アルブレド帝国には行かないと思います」

「そうか。その方がいいだろうよ。まあアリトなら、スノーもアディーもいるし、何かあっても国を出るのは簡単なんだろうが……」

「まあ、今の話を聞いても近寄りたいとは思いませんしね」

真っ直ぐ北の辺境地へ向かうのは止めよう。回り道をするか、それとも別の国に行くか。

とりあえずは師匠が紹介状を書いてくれた、変わり者って人に会ってから考えよう。


そんなわけで、アルブレド帝国を抜けては行かないって決めた。

だから今日、もう一度図書館に足を運んだ目的は、改めて同じ著書の本がないのか最後に確認するため、そして見落としたメッセージがないか、もう一度本を見直すためだった。

そうして図書館で最後の確認を終えたことで、多分一区切りついた安心から油断が生まれたのだろう。

最近では図書館を出る時間をバラバラにして、待ち伏せを上手く避けることができていた。だから今日も待ち伏せを避けた後、王都で最後の買い出しをするために、馬車に乗って商店街へと向かったのだ。

もちろん、歩き回りながらアディーに警告をされると、その道は避けるようにしていた。

だが、やはりこの方法では、相手の人数が少ない場合しか対処できない。

現に今――

「やっと捕まえたぞ、このガキが！　さんざん手間取らせやがって。ギーリアス様、包囲しましたぜ」

「まったく、どれだけこの俺様の手を煩わせたら気が済むんだ、この庶民が！　ほら、さっさとその鳥を連れて俺様の後について来い」

複数の男たちに、囲まれてしまっている。しかも、ずっと避けていた相手、貴族様に。

『あー……アディー、ごめん。これ、抜けられるか？』

『路地へと誘導されているから、そっちへ行くなって忠告したというのに、まんまと追い込まれたのはお前だろう』

『うっ……。だって、まさかわざわざこんな大人数で包囲までして、追いかけてくるなんて思わなかったんだよ。しかも人通りの多い場所で。あのまま無理に逃げたら、周りの人が怪我するよ』

『ふう……。ここから抜け出すなら、上しかないな。風で上へ飛べばよかろう』

『人前で魔法を使いたくないんだけどな……。今までは見られないでやり過ごせたけど、今回はどうしようか……』

「何をぐずぐずしてやがるんだっ！　ギーリアス様が来いって言っているだろうが！　これだけの人数で囲んでいるんだ。どうやったってもう逃げられないだろ。抵抗しないでさっさと来やがれ」

確かに後ろは行き止まり。目の前には破落戸(ごろつき)風の男たちが十人以上、それとギーリアス様って呼ばれた貴族の坊ちゃんが一人、か。

さて。どうしようかな？

「一つ聞いてもいいですか？　俺がどこの家に居候させていただいているのか、知っていますよね？　今『深緑の剣』の方々は全員王都にいるのですが、貴方たちはこんなことをして大丈夫ですか？」

ガリードさんたちに迷惑はかけたくないが、リナさんは今も国や王族、それに馴染みの貴族に依頼されると言っていた。だからこそ今までは、ここまで強引な手段に出なかったんじゃなかったのか？

「ふん！　そんなことは、散々お前にしてやられたからわかっておるわ！　だがな、特級パーティといっても、もう現役ではないのだろう。男爵嫡子である俺様が、そんなやつらに遠慮する必要はあるまい。最初はその鳥だけかと思ったから、使いの者に強引にでも奪ってこさせようと思ったんだが。なあお前、狼型の従魔までいるらしいじゃないか？」

一昨日、皆で王都を回っていた時に見られていたってことか。

あんな集団でいたのに、スノーが俺の従魔だって確信しているってことは、もしかして門番に聞いて調べたのか？

どうしてそこまで俺にこだわるんだ？　王都で従魔を連れている人は、他にも結構いるというのに。

「……なんでそんなに俺にこだわるんですか？　子供だからですか？」

「子供にはもったいない従魔を、二匹も連れているお前が悪いんだぞ。だから俺様がお前を使ってやろうと言っているんだ。狼型の従魔も、たいそう美しい毛並みだったそうではないか」

「使う？　俺を？　最初はこの鳥だけを狙っていたと言いましたよね」

なんだか雲行きが怪しくなってきてないか？

「ふん！　さすがの俺様でも、最初見た時はただのキレイな鳥だとしか思わなかったんだがな。でも俺様はちゃんと気がついたんだ。王宮魔術師の方の確認も取れた。その鳥の魔力濃度からして、間違いなく体の大きさを変えているってな！　お前はただのキレイな鳥だと思って従魔にしているんだろうが、高貴な俺様の目はごまかせないぞ！　その鳥は風の王とも言われている、ウィラールだ！」

『そうなのか？　アディー』

『そうだ。……霊山にいる群れの中にはたまに気の合うエルフと一緒に街に下りるヤツがいるから、それでわかったんだろう。ふん。俺はずっと一人だったがな』

……ウィラール、か。こんな形でアディーの種族を知るなんて、思ってもみなかったな。

でもアディーがすんなり教えてくれたのは、俺のことを少しは認めてくれたから、と思ってもいいのだろうか？

「だったらどうなんですか？」

「ワッハッハ！　やっぱりお前みたいな子供には、その価値がわからないか！　俺様がお前を介してウィラールを使ってやろうって言っているんだ。お前はありがたく俺のところに来て、ただ命令に従っていればいい」

「……俺は貴方に雇われるつもりなんてありません。それに、この国には……いや、この大陸の全ての国には奴隷制度はないはずですが？」

「はあ？　ただの平民の、どこから来たのかも知れぬお前を、貴族である俺様が使ってやるって言っているんだ。拒否なんてできるわけがないだろう？　なあ、お前たち」

「もちろんですぜ、ギーリアス様！　こんなガキがギーリアス様に使っていただけるなんて、光栄ってもんですぜ。なあ？」

「「そうだそうだ」」

なんだこの、三文芝居のような茶番は。

『あー、こういう人種がいるんだな、この国にも。やっぱり貴族なんかに関わるものじゃない。何を言っても無駄みたいだし、とりあえずここは逃げて、すぐに王都を出るぞ』

『フン。だから早く立ち去っていればよかったのだ。ホラ、さっさと風を読め』

最初からアディーの忠告に従って、屋根から逃げればよかったってことだよな。

「あー、お断りします。俺みたいな平民は目障りなようですので、すぐ王都から出ます。俺はこの国の国民でもないですし、貴方に従う義理はないです。では」

一礼だけすると、一気に練っていた魔力を解放し、風を捕まえて飛び上がる。

下から驚きの声と罵声が聞こえたが、無視してそのまま屋根の上を一ブロック分跳び、人のいない路地に下りると、近くから馬車に乗って家まで戻った。

「……というわけで、申し訳ないのですが、このまま王都を出ることにしました。俺が出て行った後も、もしかしたら何か言ってくるかもしれないのですが……。すみません、今はお子さんが王都にいるのに、こんなことになってしまって」

家に戻ると全員揃っていたから、ガリードさんたち四人に集まってもらって、さっきの出来事を詳細に説明した。

あの男爵の嫡子だと言っていた男は「ギーリアス様」と呼ばれていたが、それが家名なのか名前なのか確認していなかったのが悔やまれる。

「何を言っているのよ、アリト君。貴方は一切悪くないじゃないの。ちょっと待ってなさい。ギーリアスって言ったかしら？　男爵の嫡男くらいで偉ぶって。ちょっとギルドマスターに言って、すぐ国に繋ぎを取ってもらうわね」

話が進むごとに、どんどん四人の顔が強張っているのには気づいていたが、特にミアさんの顔が凄いことになっていた。この勢いだと、本当にギルドマスターどころか、城まで行きそうだ。

「い、いや、ミアさん。俺のことはどうでもいいので、皆さんの立場が悪くならないようにしてくださいね。俺はしばらく旅を続けるつもりだし、大丈夫ですから。そんな大事にしていただかなくていいです！」

「お前なぁ。それこそお前が気にすることじゃないってぇの！ ちゃんと一昨日も言っただろうが。スノーも連れていくことで問題になったら、俺がガツンと言ってやるって。第一、そんなことで絡まれるのが本来ならおかしいんだからな。連れている従魔がどうこうなんて、お前は一切悪くないだろうが」

必死で騒ぎにしないでいいと言ったのに、ガリードさんにバシンッと思いっきり背中を叩かれてしまった。

「そうよね。しかも平民だから、貴族に従っていればいい？ まったく、貴族の悪習はいつになっても消えないわね。まあエリンフォードでもそういうことがないわけでもないけれど。本当にどうしようもないわね！」

うわっ。リナさんまで笑顔が怖くなっている！ まずいな。かなり皆怒っているみたいだ。

「そうそう。俺たちも上級パーティになって名が知られ始めた頃は、よくそういう貴族に『お抱えになれ』って絡まれていたからね。だから対処はわかっているんだ。しかも今回はたかが男爵の嫡子だよ？ アリト君への言葉は、国としてもまずい内容だからね。さて。

どうしてあげようかな？」
ノ、ノウロさんまでっ！　いつも腰に巻いている尻尾で、地面をビィッ、ビシィッと打ちつけている。
「いやっ、本当に騒ぎにしなくていいですから！　確かにあの貴族の男は、人格的にかなり問題がありそうなので、他に被害が出る前にどうにかできるならした方がいいとは思いますが。それだって、しかるべきところにちゃんと話を通して、順を追って対処してもらった方がいいと思います！　今はとりあえず俺が王都を出るのが、一番平穏に済ませられるので！」

俺だって、ギーリアスってヤツを野放しにしたいわけじゃない。けれど、ガリードさんたちが動く以外に、もっといい対処法があるのではとも思うのだ。

「……ねえ、アリト君。アリト君はまだ、そんなに物わかりがよくならなくていいのよ？私たちは貴方のことを大事だと思っているの。確かに付き合いはそんなに長くないけれど、アリト君のことが大好きなのよ？　それはちゃんとわかっていて欲しいの。だから、そんな風に投げ出さないで。アリト君の旅が一段落したら、私たちのことも思い出して会いに来て欲しいし。連絡してくれれば、私たちも会いに行きたいのよ？」

さっきまで意味深な笑みを浮かべていたのに、今は優しい笑顔のミアさんの言葉が心に沁みる。

「そうだぜ、アリト。俺たちは本当にお前のことを、気に入っているんだ。俺なんかお前の旅についていきたいくらいだぜ。絶対面白い旅になるだろうからな。だからよ、これっきりにしようとするな。何かあったら俺たちのことを頼ってくれていいんだ。俺たちだって、アリトを頼ることがあるかもしれないだろ？　実際お前のおかげで、毎日の飯がかなり美味くなりそうだしな！」

ガッハッハって笑いながら、ガリードさんに肩を抱かれた。

そしてノウロさんも。

「そうそう。いつでも俺たちのことを頼りにしてくれ。そしてまた美味しい調味料を手に入れたら、送って欲しいな」

どうしてそんなに俺のことを？　と思う気持ちは正直ある。

それでも、この人たちが俺に寄せてくれている心は信じられる。

だから――

「ありがとう、ございます。本当に皆さんには、感謝しています。何も事情を話さない俺に、ここまで言ってもらえて。……親がいたらこんな感じなのかな？　なんて思ってしまったくらいで。……今の俺にできることは、これを渡すくらいですが。受け取ってください。使い方は紙に書いてあります。……これを渡すことで、何か迷惑を掛けることになるのかもしれないけれど、もし何かあった際に、ガリードさんたちの役に立ったらって思って、作ったものです」

　そっとカバンから、昨日完成したものを取り出し、一人一人に手渡した。

「俺、これから北へ行った後は、どこに行くのかまだ決めていません。でも、いつかは絶対にエリンフォードのエリダナの街に行きます。何かありましたら、エリダナの商人ギルドに手紙を送ってくれれば、俺が行った時に受け取れるよう手配してもらいますので」

　俺の事情は、何も説明することができない。話しても、恐らくガリードさんたちの迷惑になる。

　それでも俺を受け入れてくれた皆に、贈り物をしたいと思った。

　贈った物は、俺のカバンのようなマジックバッグだ。

『死の森』でスノーと二人で修業中に狩った魔物の中から、ガリードさんたちなら倒せるだろう魔物の革を使ってカバンを作った。

　それぞれに一つずつ、武器を装備しても邪魔にならないように、腰に巻けるタイプのカバンだ。師匠と作った誰でも使える方のマジックバッグだが、魔力を馴染ませれば容量は増えていくはず。そのこともきちんと紙に書いた。

　カバンの中には、同じくらいの強さの『死の森』の魔物の革も入れてある。そんなことはないのが一番だけれど、何かあった時にガリードさんたちが防具を作れるようにだ。他には師匠が持たせてくれた薬を、ほんの少しだけ入れておいた。

今俺がこの人たちに示せる誠意は、これで全部だ。

多分俺が『落ち人』だと言っても、ガリードさんたちは笑って受け入れてくれるだろう。けれど、『落ち人』のことを何もわからないまま、ただ重荷にはなりたくない。

「これは……ありがとう、アリト君。大事に使わせてもらうよ」

「……ありがとう。ありがとう。これはアリト君の心と思って、ありがたく受け取らせてもらうわ。これは私たちの連絡先よ。何かあったら絶対に……いいえ、何もなくても連絡してね？ 約束よ」

ノウロさんとミアさんは、俺が贈ったカバンを大事そうに抱えて微笑んだ。

「さて。俺たちが今、大丈夫だって言って引き留めても、アリトは夜にでも勝手に出て行っちまうだろう？ だったら今から俺たちが門まで送ってやるからよ。アリトは用意が終わったら声を掛けてくれな。なぁに、俺たちが一緒にいれば、たとえ奴らが門にいたって何もできやしないさ」

「……ガリードさん。では、お言葉に甘えます」

ここは謝るのではなく、感謝を込めて頭を深く下げた。

「ああ、そうそう。私もアリト君のおかげで薬の依頼は一段落したから、久しぶりに国へ顔を出そうと思っているの。アリト君の目的地って、ここから北のミランの森の辺りって言っていたわよね？ あそこにはいい薬草があるのよ。私も森まで一緒に行ってもいいかしら？　それ以上は付きまとったりしないから、安心してね」

「え？　リナさん？」

　突然の申し出に、少し驚く。

「でも私は今すぐ出発ってわけにはいかないから……そうね、ここから北へ二日の場所にある、オルドの村で待っていてくれるかしら。モランを使いに出すから、よろしくね」

「……わかりました。では支度してきます」

　リナさんは多分、俺が北へ行くと言った時にはもう、一緒に行こうと決めてくれていたように思う。それを察して、断る気にはなれなかった。

　近々国へ一度帰る、とは言っていたし、ミランの森から東のエリンフォードへ抜けるつもりなのだろう。


　もうすぐ日が暮れる頃、門にたどり着くことができた。

　門のところで見送ってくれている皆に、最後にお辞儀をしてから王都の外へ出る。

　家から門までは、あの貴族の手の者がちょっかいを掛けてくることはなかったが、念のためにと、門を出る審査の列にはガリードさんたちも一緒に並んでくれた。

「じゃあな！　絶対に連絡を寄こせよ！　俺らもエリダナへ手紙を送るから、ちゃんと返事を出せよ！」

「アリト君。また会いましょう」

「またな、アリト君。いい旅を」

「ちゃんと待っていてね、アリト君。またね！」

「はい、本当にありがとうございました」

ガリードさん、ミアさん、ノウロさん、リナさんは、笑顔で手を振ってくれている。

このまま何もなければいいが、もしかしたらあの貴族の手下が街道沿いで待ち伏せしているかもしれない。

まあ、そうだとしてもアディーが偵察してくれているし、俺とスノーなら避けることはできるだろう。

あとのことは大丈夫だと言ってくれたガリードさんたちを信じることにし、前を向いて街道の先に広がる草原と、遠くに見える森を見る。

『じゃあ行こうか、スノー、アディー』

『うん、また旅なの！　思いっきり走るの！』

『……偵察してきてやる』

羽ばたく音とともに空に消えていくアディーを見送り、嬉しそうに跳ねるスノーの頭を、思いっきり撫でる。

ずっと狭い場所に閉じ込めていたから、とりあえずスノーの望み通り思いっきり走ろうか。

スノーに感化されてわくわくと浮き立つ心のままに、笑顔でスノーと二人、走り出した。

さあ、また旅が始まる。とりあえず北を目指して行こう！

あとがき

皆様初めまして。作者のカナデと申します。

この度は文庫版『もふもふと異世界でスローライフを目指します！1』をお手に取っていただき、ありがとうございます。単行本にはあとがきはありませんでしたので、今回が最初のご挨拶となります。

私は幼少の頃から物語を読むことが好きで、「いつか書く側になりたい！」という強い思いを持っていました。それまでは、ずっと本の世界に夢や希望、そして喜怒哀楽を求めて浸っているだけだったのです。それでも、「あと一度だけ小説の書籍化を目指そう」、そう思った時、Ｗｅｂサイトから簡単に出版申請ができるアルファポリスさんのことを知り、プロットも何もなく勢いに任せて書き出したのが本作でした。

その当時、ただ私の頭の中にあったのは、もしも異世界に転移した主人公が、様々なもふもふ魔獣たちと仲良く暮らしながら冒険する物語が書けたら楽しいだろうな、という思いのみ。ところが、私には特殊なスキルを持つ主人公を想像することはできませんでした。

そこで、ごく一般的な感覚で主人公が異世界に転移し、もふもふ魔獣に助けられるのはどうだろう、と考えたのです。こうして主人公アリト達の異世界大冒険の旅が幕を開けることになりました。

そんな作者のイメージが先行する形で執筆をスタートさせてしまったため、文字通り行き当たりばったりと申しますか、書籍化の際にお世話になった単行本の編集担当さんには、色々とご面倒をおかけしました。

作家としては、まだまだ力不足のため、「この作品が私のデビュー作です！」と胸を張るには忍(しの)びないものの、本作を少しでも楽しんでいただけたら幸いです。

なお、本作は寺田イサザ様の漫画によりコミカライズ版も刊行されております。こちらも是非(ぜひ)、あわせてお読みいただけますと嬉しいです。

最後になりますが、読者の皆様をはじめ、主人公のアリトたちに命を吹き込んでいただき、素敵なイラストを描いてくださったYahaKo様、ご尽力(じんりょく)いただいた関係者の皆様に改めて御礼を申し上げます。

それでは、文庫版の第二巻でまた皆様とお会いできれば幸いです。

二〇二〇年十月　カナデ

アルファライト文庫

この作品に対する皆様のご意見・ご感想をお待ちしております。

おハガキ・お手紙は以下の宛先にお送りください。

【宛先】

〒150-6008 東京都渋谷区恵比寿 4-20-3 恵比寿ｶﾞｰﾃﾞﾝﾌﾟﾚｲｽﾀﾜｰ 8F
(株) アルファポリス　書籍感想係

メールフォームでのご意見・ご感想は右のＱＲコードから、
あるいは以下のワードで検索をかけてください。

ご感想はこちらから

アルファポリス　書籍の感想

本書は、2018 年 6 月当社より単行本として
刊行されたものを文庫化したものです。

もふもふと異世界(いせかい)でスローライフを目指(めざ)します！ 1

カナデ

2020年 11月 30日初版発行

文庫編集－中野大樹／篠木歩
編集長－太田鉄平
発行者－梶本雄介
発行所－株式会社アルファポリス
〒150-6008東京都渋谷区恵比寿4-20-3恵比寿ガーデンプレイスタワー8F
TEL 03-6277-1601（営業） 03-6277-1602（編集）
URL https://www.alphapolis.co.jp/
発売元－株式会社星雲社（共同出版社・流通責任出版社）
〒112-0005東京都文京区水道1-3-30
TEL 03-3868-3275
装丁・本文イラスト－YahaKo
文庫デザイン―AFTERGLOW
（レーベルフォーマットデザイン－ansyyqdesign）
印刷－株式会社暁印刷

価格はカバーに表示されてあります。

落丁乱丁の場合はアルファポリスまでご連絡ください。

送料は小社負担でお取り替えします。


ISBN978-4-434-28116-7 C0193